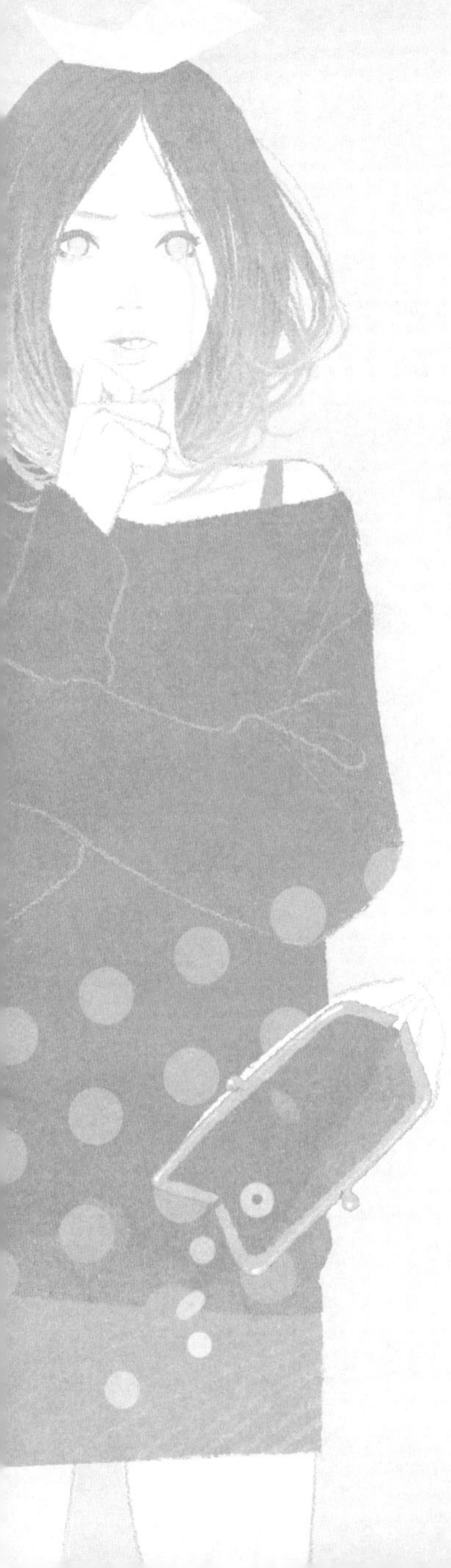

谷川直子

tanigawa naoko

断《だん》貧《ひん》サロン

河出書房新社

断貧サロン

バスを降りると冷たい風がビュンと吹き抜けて、あたしは肩をすくめた。日はとっぷりと暮れている。東京より寒いな。そうつぶやきながらあたしは歩き出した。どこかで犬が鳴いている。プンとお風呂《ふろ》の匂いがした。十年前はただの野原だったところにきれいな一戸建てが並んでいて、こんなところに住む人いるんだと不思議に思いながら、あたしは先を急いだ。

商店街は記憶の中よりぐっと店の数が減ってただの住宅街みたいになっていたけど、薬屋はちゃんと明るくてあたしはホッとする。ホコリをかぶった洗剤の箱とトイレットペーパーの山の間からそっと店の中をのぞくと、幼なじみの木村さえことばっちり目があった。

「あれえ、もしかして、エリちゃん？」

ブルーのナースジャケットを着たさえちゃんは、色あせて裾《すそ》の広がりすぎたブーツカットのデニムをはいている。すっぴんで髪はハネまくり、派手《はで》なシマシマソックスにサンダル。あたしはさえちゃんのあいかわらずのイケてなさに自分の置かれている状況を忘れてつい笑ってしまった。久しぶりに笑ったことで少し元気が出て、何気に「泊《と》めて」と言える。返事をまたずに店に入ると、薬の匂いがゴオッとなつかしさを運んでくる。ドラッグストアなんてこの十年の間に何百回って行ってるはずなのに、こんななつかしさは感じたことがなかった。

「元気だった？」とさえちゃんが言葉とはうらはらにまるで昨日も会ったみたいに間延《まの》びした感じで聞くのであたしはその質問を無視して「とにかくなんか食べるもの」と言いながら店の奥に続くさえちゃんちに上がりこむ。お腹《なか》が空《す》いて倒《たお》れそうだった。もう丸三日何も食べていない。

勝手知ったるさえちゃんちはまるでどこも変わっていなかった。よろけながらもまっすぐ食堂に向かい椅子《いす》に座りこんだあたしの前に、さえちゃんは台所からラップに包まれた大きなおにぎりを持ってきた。

「もう晩ごはん終わっちゃったから、いまこれしかない。それかこれ」とヤマザキの四個入りケーキドーナツの袋を差し出す。出た。さえちゃんのヤマザキ。おにぎりがまずそうなベージュ色なので、あたしはしかたなく「こっちでいい」とドーナツを選び、袋を破って中に入っていた四個のケーキドーナツを一気に食べた。ヤマザキのドーナツがこんなにおいしいものだとは驚きだったが、くやしいのでそれは言わない。

さえちゃんは何も言わずに立っている。飲み物でも出してくれればいいのに、ほんと昔から気がきかないヤツだと思いながら、さえちゃんの外見の変わらなさぶりにあたしはちょっとだけ感動していた。ゲジ眉《まゆ》に細いつり目、低い鼻とへの字の口。顔のデカさも保育園のときからおんなじで、ブス度はマックスのまま維持されているけど、前はおばさんぽかったのに、いまはどっちかっていうと年より若く学生みたいだ。それは化粧っ気がなくてダサダサなファッションのせいなのか、さえちゃんが世間ズレしていないせいなのかどっちかだと思い、あたしはどう見えるんだろ、とちらっと考えた。あたしはずいぶんスレた。

それにしてもなんだか家の中が薄暗い。「おばちゃんたちもう寝ちゃったの？」と愛想っぽくあたしが聞くと、さえちゃんは「まだだよ」と答える。「でもなんだか家の中が暗くない？」と指摘すると、「一郎兄ちゃんのお嫁さんのハナコさんがどんどん電気消していくの。節約して一千万円貯《た》めるんだって」とさえちゃんは説明した。

この繁盛《はんじょう》してそうにない薬屋と一千万円がうまく結びつかないままあたしはおにぎりに手を出し一口かじった。「まずっ。それになんなのこのビミョーなベージュ」とあたしが文句を言ってもさえちゃんは全然動じない。

「そのおにぎりにはハナコさん特製のふりかけがまぜてあるの、煮干《にぼ》しとかゴマとか大豆とかをブレンダーでくだいた栄養満点で安上がりなふりかけ。うちは夜食も朝ごはんもみんなこれだけなんだ。節約してるから」とのんびり説明する。そういうしゃべり方だからいじめられるんだよってさえちゃんに何度も怒ったことがあるのを思い出した。

「お茶ちょうだい」とあたしは言いながら、さえちゃんの家族がこの狭《せま》い食堂で揃《そろ》ってベージュのおにぎりを食べているところを想像する。貯金のために一致団結かあと思うとなんだか一瞬うらやましくなってあわててその気持ちを打ち消し、急須《きゅうす》にポットからお湯を注いでいるさえちゃんに「さえちゃん、まさか結婚してないよね」と聞いた。

「まさか」

「カレシは？」

「いるわけないじゃん。ハジメもまだ隣に住んでる」

「ハジメは結婚した？」

「まっさかあ。いまだにレンタルビデオ屋の店員でブタってますよ」

さえちゃんの答にあたしは心の底からホッとする。「じゃあさえちゃんは、いまもこの店の手伝い？」と聞くとさえちゃんは湯呑《ゆのみ》を差し出しながら「うん」と答えた。

「いくらもらってるの？」

「月三万円」

「なんにも買えないじゃん」

「なんにも買わないもん。コンビニでお菓子と飲み物買うぐらい。国民年金払ってもやっていけるよ。住まわせてもらってるしごはん出るし、着付け教室に通わせてもらったこともあったし、簡保入ってくれてるし、てか、ここ私の家だし」

あたしはカンポっていうのがよくわからなかったけどとくに聞き返さずにお茶を飲んだ。

「エリちゃん仕事は？」

「ハケンやってたけどずっと前にやめちゃって、いまはキャバクラ」

店には二十五ってことになってるけど、あたしが年ごまかしてるのはバレバレで、若いコに押されて指名も減ってきたし、店長にそろそろ辞《や》め時じゃないかって言われていた。それにしても、あたしが引退勧告をされているキャバ嬢で、さえちゃんが月給三万の薬屋の店員、ハジメがレンタルビデオ屋の店員かあ。誰も結婚してないし。二十歳でこの街を出てから十年も経《た》っているのに何も進歩のないあたしら幼なじみ三人。もちろん二十歳のときに、夢がいっぱいだったかと言われればそうじゃないけど、思ってたのと未来は違ってたってことをまざまざと思い知らされた気がして、あたしは、はあ、とため息をついた。

さえちゃんはそのため息には気づかないふりをして、向かいの椅子に腰かけると「それよりエリちゃん、どうしたの？　突然やって来て泊めてって」とあたしの顔をじっと見ながら聞いてきた。急に口調がシャキシャキと地元のおばちゃんぽくなった。土地の女って感じであたしはどっと疲れる。こうなるのがイヤであたしはここを出ていったんだった。

「じつはさあ、借金取りに追われてるんだ。家も見張られてて、居留守《いるす》使って閉じこもってたんだけど、食べるものもないし、隙《すき》を見て必死で逃げてきたの。だからしばらくお願いします」

あたしはとりあえず頭を下げた。ここに来るのに駅で知らないおじさんに財布を落としたとウソをついてお金を恵んでもらったことは黙っておいた。

「借金って、何に使ったの？」

さえちゃんが不思議そうに聞くので、オトコと答える。すごくカッコいいカレシでいい服着せると似合うし喜ぶから調子に乗ってブランドものの服買ってあげてたら、いつの間にか借金まみれになってたと説明する。言葉にするとバカっぽいけど、出会いはドラマみたいにロマンチックだったし、カッコいいだけじゃなくなんてったってやさしいし、似合う服を見つけて、カレシがそれを着てニコッと笑う瞬間がありえないほど大事に思えて、ふたりでおいしいもの食べて、あっという間に二年過ぎて、とにかくカレシといるとあたしは幸せなんだ。ここの部分はさえちゃんに説明しても無駄なので言わない。

「借金いくらあるの?」

「うーん、よくわかんない。けっこうあると思う」

「大丈夫なの?」

「働いて返すよ。いままでも返してきたんだもん。もうかれこれ七百万くらい」

あたしがそう言うとさえちゃんは絶句した。こんなとき頼れるのがさえちゃんしかいないことが情けなかった。飛び出した地元に戻ってきたことも。でもさえちゃんはあたしを追い返したりはしないって、あたしにはなぜかわかっていた。だからここに来たんだ。

＊

さえちゃんとあたしは家が近くて保育園からずっと一緒だった。ブスでいじめられキャラのさえちゃんも、かわいいがゆえにねたまれて、まあ性格はかわいいとは言えないあたしも、クラスの中でははみ出し者だったせいで、その他大勢の人にとっては同類の異分子と見なされてセットにされていた。だから仲良しってわけじゃなかったけれどさえちゃんがいじめられているとなぜか猛烈に腹が立って、いじめたヤツをボコボコにしたりしたもので、そのたびにさえちゃんがありがとうと言うので、べつにさえちゃんのためじゃないからとあたしは言ってきた。

お互い勉強は全然できなかったので柿《かき》の木女子学園短期大学という地元の三流というか四流というかまるでパッとしない大学の英文科に進み卒業して、履歴書《りれきしょ》的にはまったく同じ学歴を持つことになった。もちろん英文科卒といってもまるで英語は話せない。そんなだから予想どおり二人とも就職には失敗して、突然九州で農業をやるといってうちの両親が引っ越すことになり、とてもじゃないがそれにはついていけないとあたしは、東京に出て一人暮らしをしてきたのだった。

それにしてもいまだによれよれのトレーナーにジーンズという十年前と変わり映えのしないスタイルでおしゃれにまるで関心のなさそうなさえちゃんの部屋には鏡さえなく、自前の三面鏡を机の上に置いて自前の化粧品で化粧をし自前のヘアアイロンで髪をカールしていたら、それをじっと見ていたさえちゃんに「エリちゃん痩《や》せたね。それになんかエロい」と言われた。そういえば朝ごはんのとき例の節約おにぎりをみんなで食べたのだけれど、ハナコさんもさえちゃんのおばちゃんもまるで化粧っ気というものがなかったなと思い出した。この家はエロさとは無縁な感じ。「それ毎日やってんの？」とさえちゃんが聞くのであたしは「あたりまえじゃん女だもん」と返事して、「それよりさあスマホの料金払いたいからお金貸してすぐに返すから」と借金を申し込んだら、「エリちゃん、いまも友達いないんでしょ」とさえちゃんは若干《じゃっかん》エラそうに言った。

毎月最低二千円と決めて貯金してきたという全財産三十万円のさえちゃんから五万円借りて、スマホの未払い料金を払った後、二人で駅前のショッピングセンターに寄って、暖房をけちってるみたいなさえちゃんちのうすら寒さに備えて、袖口《そでぐち》と裾にフリルのついたカーディガンを買って、ついでにさえちゃんにもカーゴパンツときなりのセーターとショートブーツを買ってあげた。広々としたショッピングセンターには渋谷とか新宿とかにあるのと同じブランドのショップがずらっと並んでいて、思わず「東京と変わんないじゃん」と言ったらさえちゃんは「でもここ東京じゃないから」と言い、「それよりなんで借金あるのに買い物するの」とちょっとあきれた感じで聞くので、それもそうだとあたしは思ったけど返事はしなかった。こんなにいっぱいの服を前にして買い物しないでいるなんて、あたしにはとても無理だ。

三時間後、さえちゃんちに戻ると、なぜか店の前でおばちゃんとハナコさんが待っていた。

「大変大変、エリカさんのところに借金取りが来て居座ってる」とハナコさんが言うと、「おばあちゃんが家に上げちゃって」とおばちゃんが早口でつけ加える。

「どうすんのよ」とさえちゃんが責めるので、

「お金持ってないもん。だから逃げてきたんじゃん」とあたしは開き直った。

「ケンカしてる場合じゃないの」とハナコさんに促《うなが》され、あたしとさえちゃんはしぶしぶ家に入った。

おばあちゃんの部屋のふすまをおそるおそる開けてみると、見たことのないガイジンの男の子がおばあちゃんとこたつに座っていた。なんだかすっかりなごんでいる。コワモテのおじさんを想像していたあたしは拍子《ひょうし》抜けして「あんた誰?」とすごんでやった。

そのガイジンは「アレハンドロ」と答えた。アレハンドロは若くて痩せてて肌は小麦色でたぶん背はそんなに高くないと思われ、くたびれたネイビーのジャンパーを着て脇にかなり使い込まれて黄ばんだ白いナイキのスポーツバッグが置いてあった。

「日本語しゃべれんの？」とさえちゃんが聞くと「ノー」と悲しそうに首を振る。こちらの言うことはわかるみたいだ。

「英語は？」と聞くと「ポキート」とアレハンドロは答えた。ポキートって何よとさえちゃんが小声で聞くけどあたしにわかるわけがない。だいたい英語がしゃべれると言われたってこっちはしゃべれないんだからどっちにしたって事態は変わらない。

するとアレハンドロは手に持っていた紙を差し出し、「エリカさん」とたどたどしく言う。奪うように受け取り開いてみると、それはシュウくんからの手紙だった。

「エリカへ。借金どうなりました？　僕は友達の家に泊めてもらってます。お金がなくなっちゃったのでちょっと困っています。できたらアレハンドロにいくらか渡してくれないかな？　すぐにムリだったらアレハンドロはいつまでも待たせておいていいからよろしくお願いします。早く会いたいよお♥　シュウ」

「ねえ、なんであたしのいるところがわかったの？」とあたしが聞くとアレハンドロは「○◇×△◎□×　××○○　□△◎×」と答える。「何なの？」とさえちゃんが聞くので「シュウくん、あたしのカレシからの手紙。借金取りじゃないよこのコ。シュウくんのお使いでお金を取りに来ただけ。お金できるまでここで待つって」と答えた。

「お金取りに来て、できるまでここで待つって、それって借金取りじゃん」

「借金取りじゃなくってお使い」

「待つってここ、私の家なんですけど」

「だってシュウくんのお使いだもん、追い返したりできないよ。たのむ」

「たのむって？」

「ごめん、このコも泊めてやって」

「なんで。こんな見知らぬガイジン」

「あたしだって知らないけどさ、大丈夫、さえちゃんなら」

「なにが大丈夫なのよお」

あたしとさえちゃんが熱く言い合いをしている間、アレハンドロは子犬のような目でじっとあたしらを見つめ、おばあちゃんはアレハンドロの隣でただニコニコしていた。

＊

けっきょくあたしがさえちゃんの部屋に、アレハンドロがおばあちゃんの部屋に泊めてもらうことになり、翌日になるとアレハンドロを残し、あたしは東京に出かけスマホを使いまくってバイトに励《はげ》んだ。金持ちのじいちゃんとパーティに出席、銀行口座の名義貸し、結婚式のニセ親戚役、それから警察に証言、てかちょっとウソをつく。少々ヤバイのもあるけれど、少々ヤバイくらいじゃないと短時間で大金は稼げないのがこの世の常識だ。フーゾクとかに行かないで稼《かせ》ごうと思ったら頭を使わなくちゃダメで、ヤバすぎるとヤクザににらまれるからそのあたりは別の常識が必要なのだ。

それにしてもあたしはいったい何をやってるんだろうってときどき思う。平気でウソがつけるようになり、平気で泣きまねだってするようになり、平気で人をだませるようになった。そうやって稼いだお金もシュウくんのために使うとはいえ目の前を通り過ぎていくだけで、人生がとてつもなく大きな無駄にまみれているように感じられて、そんなときはとことん情けない。だけどもう三十だし、この先シュウくん以上のオトコにめぐり会えるはずもないし、あたしらはいいカップルでなにがなんでも結婚にこぎつけなきゃって思うし、そのためにいまは我慢我慢と自分に言いきかせてる。

二日間で十七万円稼いだあたしは、渋谷で六千九百円の白い花柄《はながら》のチュニックワンピを衝動買いし、わりと充実した気持ちでさえちゃんちに戻って即《そく》バク睡《すい》した。目が覚めると、さえちゃんとアレハンドロが待ちかまえていて、あたしはなんだかちょっとそれがうれしかったりする。

まずさえちゃんに五万円を返し、アレハンドロにお金ができたから直接渡したいってシュウくんに連絡して、と言った。シュウくんのケータイはいくらかけてもまだつながらない。たぶん料金未払いで止められているんだ。借金取りに見張られてるから部屋に入れないで困ってるだろうなって言ったら、さえちゃんがへの字の口をさらに曲げ、つり目の目尻をさらにつり上げて「ほんとにカレシなの？」と疑わしげに聞く。おまけにあたしがシュウくんに直接お金を渡すと言ったら、急に一緒に行くとさえちゃんは言い張った。

ほどなくアレハンドロが「トウキョウエキ、ギンノスズ、ニジ」と言い出した。どうやって連絡を取ったのか問いただしても、「○×△□　◎×▲○□×」と早口で答えるだけだ。それでも話しているとアレハンドロもついて来るらしいことはわかった。さえちゃんみたいにダサい女と友達だなんてシュウくんには知られたくなかったけど、世話になっているから断ることもできず、三人で行くことになる。せめて買ってあげた服着ていってよとさえちゃんに言い渡し、親切というよりは危機感から化粧をしてあげると言ったら丁寧《ていねい》に断られた。そんな顔で断るとはいい度胸《どきょう》じゃないか、とあたしはムッとしたけどしかたない。自分も新しいワンピースに着替え、全然似合ってないのにやたら目立つ蛍光《けいこう》オレンジのダウンを着たさえちゃんと、白いティーシャツによれよれのネイビーのジャンパーを着て大事そうにスポーツバッグを抱えたアレハンドロを連れて、あたしはスマホを頼りにバスに乗り電車を三回乗り換えて待ち合わせ場所の東京駅銀の鈴広場にたどりついた。

銀の鈴広場は待ち合わせの人でごった返していて、あたしはそこにいる人みんなが誰かを待っているんだと思うとなんだか切なくなった。シュウくんに会いたい気持ちがつのって、人を待つってことはいつも少し悲しい、と思う。シュウくんを好きになってからわかったこういうことだけが、この十年間のあたしの進歩なのかも知れない。

約束の二時、シュウくんがやって来た。空色のダッフルコートがすごく似合ってて人ごみの中でもひときわ目立っている。あたしはやっぱりシュウくんってカッコいいと改めて思い、それが自分のカレシなのだと誇らしい気持ちでいっぱいになる。さえちゃんを紹介すると、シュウくんはどうもと言って頭を下げ、ステキなダウンだねとクスッと笑った。シュウくんの友達のところで一緒に泊まりたいとあたしがお願いしたら、シュウくんはすげなく、これからまどかさんのところへ行くんだ、また連絡するから、とお金だけ受け取ってアレハンドロと行ってしまった。

なんだか冷たい態度にがっかりして、シュウくんの背中が消えたほうをいつまでも眺《なが》

めていると、

「エリちゃん、ああいうの、ドラマでは『ヒモ』って言ってるよ。まどかさんって誰？　あの人どこに住んでたの？　仕事なに？　実家どこ？」とさえちゃんはたたみかけてきた。いつものトロいさえちゃんとはちがって、まるで地元の噂《うわさ》好きのおばちゃんみたいな遠慮も品《ひん》もない聞き方であたしはちょっと驚いたけど、シュウくんみたいなイケメンをナマで見るのが初めてだったせいで動揺しているのかもしれない。

「家族とか親戚とかはいないの。シュウくんはね、モデルにならないかってスカウトされて、いまはオーディションを受けてまわってるところ。だって見たでしょ。あんなにカッコいいんだもの」とあたしは自慢っぽく言った。

「ほんとに一緒に住んでるの？」とさえちゃんが疑わしそうに言うので、「住んでるよ。最近は借金取りがうろうろしてるから離ればなれになっちゃってたけど、まちがいなくあたしのカレシです」と勢いで宣言する。

「だまされちゃダメですよ」

　突然後ろからそう言われてあたしらは思わず振り返った。振り返るといつからそこにいたのか全身黒ずくめの女が立っている。黒いコートに黒いマフラー、黒いブーツに黒いショルダーバッグ。

「あれはまちがいなく貧乏神です」

そう女が言ったので、あたしは「あんた誰」と思わず聞き返した。

女はあたしらにぐっと近づくと、「ＢＨＫの者です」とはっきりした声で言った。

＊

女は丸の内口を出て駅ビルの五階にあるうどん屋に入る。「立ち話もなんですから場所を変えましょう」という女の誘いに、いくら止めてもさえちゃんは行くと言い張り、しかたなくあたしもついて行った。中途はんぱな時間だったからか、なぜか客はまったくいなかった。

「カレーうどん三つ。でよろしいですね」と女は注文し、「申し訳ありません。どうしても朝からカレーうどんが食べたかったものですから」と聞いてもいないのに言い訳する。

「ビーエッチケーって何ですか?」とさえちゃんがすかさず聞くと、女は「ＢＨＫ。『貧乏神被害者の会』の略称です」と答える。「Ｂが貧乏神の略ってことですか?」とあたしが少々脱力しながら聞き返すと、「はい。ローマ字の頭文字です」と女は真面目《まじめ》な顔で答えた。

「てまえどもBHK、貧乏神被害者の会は非営利の地下組織で、その名のとおり、貧乏神の被害者同士、連携を深めていこうというのが会の目的です。私は事務局長の村上モリモリと申します」と女は名乗ると、「銀の鈴広場であなたがお金を渡した相手はまちがいなく貧乏神です」とあたしに向かってきっぱりと断言した。

そこへカレーうどんが運ばれてきたので女は話をやめ、うどんを食べ始めた。言っていることの深刻さとカレーうどんを食べるという行為がうまくつながらない。その人をくったような態度にあたしはマジ切れしそうになっていた。

「失礼なこと言わないでよ。あんたにシュウくんの何がわかるっていうの」と少し大きな声を出すと、女は食べるのをやめ「彼とどこで知り合ったのですか?」と質問した。

「渋谷で声かけられたの」

「彼はいま失業中でしょ?」

「いや、モデルのオーディション受けてます」

「それでいい服がいると」

「そうはっきりとは言わないけど。似合うのよ、いい服が」

「貧乏くさい格好《かっこう》が嫌《いや》だと?」

「ええ。あたしにもいい格好させようとする」

「お金を要求されるわけですね」

「要求ってゆーか、カレシがプー太郎だったら誰だって援助するでしょ。あたしら愛し合ってるんだもん」

「愛し合ってる。肉体関係は？」

「もちろんあるわよ。とろけるようにあつい関係」

あたしは勝ち誇ってそう宣言した。それでも女は顔色一つ変えず、「話せば長くなりますので、まず食べてしまいましょう」とまたうどんをすすり出した。さえちゃんも女に従う。あたしはふてくされてお箸《はし》の先でうどんを突《つ》っつき回していた。

食べ終わるとようやく女は「何からお話ししましょうか」とハンカチで額《ひたい》の汗を押さえながら言う。

「シュウくんが貧乏神っていったいどういうことなのよ」あたしはつっかかっていった。

「エリちゃん、貧乏神ってただのたとえだよ。そうカッカしないでさ」とさえちゃんはあたしをなだめようとする。

「たとえ。そうお取りになりたいのならそれでもかまいません。とにかく、貧乏神が寄生する相手を愛することはありません。お金を吸い取りどんどん使わせるだけ。彼らが生きのびるためです」と女は平然と言い、バッグの中から一枚の写真を取り出して、テーブルの上に置いた。

「これは昔の貧乏神です。いまどきこんなボロを着た汚い男を家に入れる人はおりません」

そう言うと、女はバッグの中からもう一枚の写真を取り出しテーブルの上に置いた。

「これって、ヤマピー?」とさえちゃんがつぶやくと、「いいえ、ちがいます。これが現代の貧乏神です。住み処《か》を追われ絶滅の危機に瀕《ひん》した彼らはイケメンに変身し、女にとりつくことに決めたのです」と決められたセリフを読むような口調で女は言った。

「バッカみたい」とあたしは笑った。だってそれはどう見てもヤマピー、あるいはヤマピーのそっくりさんだったからだ。しかし女はそれにかまわず「信じがたいことに、女にとりつくための彼らの武器は鍛《きた》えられたそのからだでした。特にペニスです。彼らは女を喜ばせるのがとてつもなくうまくなったのです」と声をひそめて言う。

「女の性欲に目をつけるとは敵もさる者です、貧乏神の被害者の多くは、彼らの肉体の虜《とりこ》になっていることを認めたがりません。愛し愛されていると言い張ります。それもそのはずです。彼らは全力で女を抱くのですから。女はころりとまいってしまいます」

女にじっとみつめられてあたしはつい目をそらした。それに気づいたのか、さえちゃんは何気なく話をそらす感じで「でも、ただのヒモと貧乏神の区別はどうつけるのですか?」と女に質問する。

「別れてみればわかります。貧乏神のせいで被害者は貧乏にされているので、貧乏神が去れば貧乏でなくなるのです」

　ああ言えばこう言う女だ。

「そんなのテストできないよ。別れた後で彼が貧乏神じゃないとわかったら、取り返しがつかないじゃない」あたしが反論すると、「それって誰か証明した人、いるんですか?」とさえちゃんが重ねて聞く。

「私がその生き証人です。貧乏神と別れて極貧《ごくひん》からすっかり抜け出しました。このコートもマフラーもセーターもすべてカシミア一〇〇パーセントです」と女は自慢する。葬《そう》式《しき》の帰りみたいに黒ずくめの女はぜんぜん金持ちっぽく見えず、あたしらが黙っていると、「これからあなたがたを助けることになるであろうお方も、貧乏神と別れて立派《りっぱ》なお金持ちになっておいでです」と急いで言い足《た》した。

「会ってもいない人のことを言われても実感わかない」とあたしが言い返すと、

「ほんとはとっても簡単な見極《みきわ》め法があるのですが、それは会員だけの知る極秘事項になっています。もし知りたければ」と言いかける。

「知りたいに決まってる。ねえ、エリちゃん、知りたいよね」とさえちゃんが話を遮《さえぎ》る。

「それならＢＨＫへの入会をお勧《すす》めします。ですが、被害者のすべてが貧乏神と別れたいと思っているわけではないのです」と女があたしを見た。さえちゃんは相手のペースに完全に巻きこまれている。

「西野エリカさん。現在の借金合計額は三百万円。助けを求めますか？」

「エリちゃん、いままでにも七百万返したって言ってたのに、まだそんなに借金があるの？」とさえちゃんは絶句している。

「そうよ。悪い？」とあたしは言い返した。

「お友達とよく話し合ってください。そして助けを求める気になったら、今夜七時にここを訪ねなさい。あなたのお仲間の体験談を聞けます。聞いてから入会するかしないかを決めてくださってかまいません」

女は黒いバッグの中から黒いカードを取り出し、あたしの前に置いた。そしてカードに指を添えたまま「ＢＨＫのことはむやみに口外しないと約束してくださいますか」と聞いた。あたしらは女の言葉につり込まれるようにしてうなずいた。

＊

女が行ってしまったあと、あたしとさえちゃんはうどん屋のテーブルでなんだかぼんやりして座っていた。女の座っていたところに残されたカラのどんぶりを見ていると、いま聞かされたことが妙に生々しく迫ってきて、あたしは落ち着かない気持ちになった。「どうする？」とさえちゃんが困った顔をして言うので、「どうするって言われても」とあたしは口ごもった。「突然あんなこと言われても困っちゃうよね」とさえちゃんもつぶやく感じで言う。あたしもその言葉どおりの気持ちだった。最初は女にシュウくんを悪く言われてものすごく腹が立っていたのになぜかそれがおさまって、不安だけが広がっていたのだ。シュウくんに会いたい。会って抱きしめてもらいたい。きっとそれだけでこの不安は消えてしまうはず。あたしはシュウくんに会うことだけをまた考えていた。

ウエイトレスがやって来て、どんぶりを片付けガラスのコップにお冷《ひや》をつぎ足す。さえちゃんは水をぐっと飲むと、「行ってみようか」と何気ない感じで言った。

「悪い人には見えなかったよ。ちょっとへんてこだけどさ、エリちゃんのカレシが貧乏神だったとして、あの人に何かいいことがあるとは思えないもん。エリちゃんに借金あることも知ってるわけだし」

「そんなのデタラメに決まってる」あたしは言い返す。

「そのカードになんて書いてあるの？」

「住所だけ」

「どこ？」

あたしは何度も聞かれてしかたなくスマホを取り出すと、グーグルマップに住所を打ち込んだ。出てきた地図を見ると、富岡八幡宮《とみおかはちまんぐう》と深川不動尊《ふかがわふどうそん》の間の地点に印が立っている。「一番近い駅は門前仲町《もんぜんなかちよう》だって」とあたしが言うと、さえちゃんは「行ってみようよ」と立ち上がった。

駅ビルの大きな本屋のコミックコーナーでマンガを読んで時間をつぶし、あたしらは家に帰る人たちで満員の地下鉄に乗って門前仲町に行った。外に出るとすっかり日が暮れて、冷たい風に震《ふる》えてしまう。駅から続く商店街を歩き、グーグルマップを頼りになんとかそのマンションを見つけ出したときにはもう七時を過ぎていた。

マンションの玄関で、インターホンごしに西野エリカですと名乗るとドアが開いた。オートロックというものを初めて見たのか、さえちゃんはびっくりしている。エレベーターで五階に上がると受付があり、黒ずくめの服を着た女に黒いカードを見せるように言われた。カードを渡すと、別の黒ずくめの若い女があたしらを部屋の中へ招き入れる。

若い女が案内してくれた部屋には、真ん中に大きな楕円形《だえんけい》のテーブルがあり、どことなくおしゃれなパイプ椅子が等間隔に置いてあって、すでに四人の女が座っていた。この人たちが、モリモリって女の言っていた「貧乏神」の被害者なのだろうか。

案内してくれた女はさえちゃんに向かって「申し訳ありませんが外でお待ちいただけますか」と言い、残されたあたしはしかたなく空《あ》いていた椅子に座った。テーブルの上にはクッキーの並んだお皿があり、みんなの前にはカップが置かれている。すぐにさっきの若い女があたしにもお茶を持ってきた。いい香りのする紅茶だった。

しばらくすると、また黒ずくめの服を着た別の女が入ってきて静かに椅子に座ると、さっと全員の顔を見回し、上品な微笑みを浮かべて「それではダンヒンサロンを始めます」と柔らかい声で告げた。

「今夜は見学の方がお見えです。さて、ここではみなさんニックネームで呼び合うことになっているんですが、あなたのニックネームを教えてくださいませんか?」

突然話しかけられ、あたしは思わず「さえこ」と答えていた。

「わかりました。では、さえこさん。貧乏を断《た》つサロン、断貧《だんぴん》サロンにようこそ。私どもＢＨＫは、三つの断貧活動を行っています。一つは事務局の人間が個人的に関わる『断貧カウンセリング』。これは会員の状況に応じていろいろな場所で行われます。二つ目は『断貧レッスン』。これはグループで授業を受けるものです。そして今日これから始まる『断貧サロン』。複数の会員が集まり、発表や討論をします。断貧サロンは、会員にとってもっとも精神的拠《よ》りどころとなる場になっています。断貧レッスンと断貧サロンはこの部屋で開かれ、予約制です。さえこさん、ここまでで何か質問はありますか？」

司会の女に聞かれ、全部が疑問だったけれど、何からどう聞けばいいのかわからずあたしは「ありません」と答えた。

「それでは、まずみなさんに近況報告をしていただきましょう。では左回りで、こちらから」

司会の女がにこやかな顔で促すと、左側の女がこっくりとうなずいた。

「私のニックネームはかおるこです。私の断貧歴は六ヶ月になりました」

かおるこがそう言うとほかの三人の女と司会の女が拍手《はくしゅ》した。

「さえこさんにもわかるように言いますと、私が貧乏神と別れてから六ヶ月経ったということです」

かおるこの言葉にあたしはびくっとした。あの人、本当に貧乏神とつきあってたってこと？　ベージュのパンツにこげ茶のセーター、長い髪は少し茶色に染《そ》めて、全体にくるくるとカールさせている。化粧は薄くはなかったがケバい感じはなくて落ち着いた雰《ふん》囲気《いき》だ。

「現在は友人のつてを頼ってブライダルサロンに就職し、ウェディングプランナーの仕事をしています。お金はほんとに使わなくなりました。借金も少しずつ確実に返済しています」

ここでまた拍手が起こった。

「えっと、次はあたしですよね。えっと、ニックネームはシャーリーです。断貧歴四ヶ月になりました」

ここでもまた拍手が起こった。あたしもついつられて拍手をした。シャーリーの髪は真っ黒でポニーテールにしている。平たい黒縁《くろぶち》のメガネのせいで神経質そうに見えた。年は三十代か。黒いセーターに黒いスリムパンツ。黒のウエッジヒールのパンプス。なんだかおしゃれだ。

「えっとあたしはＩＴ関連の小さな会社に入って、衣料品のオンラインショップのデザインをしています。こういうふうに画面をデザインしたらとか、こういう写真を使うといいとか、いろいろ意見を言って、オンラインショップのこまごました部分を決めていくっていう仕事です。けっこう忙しくて残業も多いけれど、あと一ヶ月勤めたら正社員になれるって言われました」

ここでまたまた拍手が起こった。あたしは、なに、これって自慢大会なの、それともアヤしい宗教？　とちょっとキモくなった。

次いで「私のニックネームはきいです。断貧歴四十日の十九歳です」とその隣の女が言った。ネトネトした感じで話す。赤っぽい髪は毛先が不揃《ふぞろ》いの変形ボブで、タータンチェックのミニプリーツスカートにグレーのタートルセーター、黒いブーツというスタイルだ。

「私も就職できました。消費者金融の会社です」

きいがネトネトした声でそう言うと、また拍手が起こった。あたしは拍手しなかった。

拍手が静まると、四人目の女が「ニックネームはまりえ。二十三歳です。彼と別れてまだ二週間です」と頭を下げる。まりえはあたしとよく似た小花柄のミニワンピを着て、黒いドルマンスリーブのカーディガンを羽織っていた。おかっぱの髪は黒くて、おとなしそうな感じで、何よりまだ断貧歴二週間ということにあたしは親近感を覚《おぼ》えた。けれどもそれも彼女が「大学に戻りました。また学生をやります」と言うまでだった。

一段と大きな拍手が起こり、あたしは本気で帰ろうと思った。すると司会の女が、「それではさえこさんの参考になるように、これから、貧乏神と別れてどこがよかったかを話していただきましょうね。まりえさんからどうぞ」と絶妙のタイミングで話題を変えた。あたしは浮かしかけた腰をもう一度おろした。

「貧乏神と別れてよかったと思うのは、そうですね、水商売をしなくてもいいってことです。私はもともと客商売なんて向いてなかったし、昼間もバイトして疲れてるのに、夜また出勤するのはほんとに大変だった」とまりえが消え入りそうな声で自信なさげに話す。あたしはべつにキャバクラの仕事が大変だとは思っていなかったからあんまり心を動かされなかったけど、ほかの三人はすごくわかるって感じでうなずいている。

まりえの次は、きいだ。

「そうですねぇ、人の目を気にしなくなったってことですかねぇ。変な話、貧乏神と一緒に外歩いてると、カレシがすごおくカッコいいんで、隣にいる私を見て、なんであのカレシにこのカノジョなのって顔されることが多かったんですぅ。わかります？」ときいが聞くと、わかると三人の女が口々に言った。あたしはちょっとドキドキしていた。だってそんなの考えたこともなかったから。

次いで、シャーリーが「貧乏神と別れてムリをしなくなったことがよかったんじゃないかと思います」と神経質そうな感じで言った。ムリかあ。たしかにムリしてないとは言えないなとあたしも思う。でもそんなの別に相手が貧乏神じゃなくたってあることじゃない？　ともう一人のあたしが言う。っていうか、シュウくん貧乏神じゃないし。

シャーリーがそれで黙ったので、かわってかおるこが「貧乏神と別れたら、なんと貯金ができました」と晴れ晴れとした顔をした。その自慢気な言い方がカチンときた。やらせだ。ＢＨＫなんて、全部ウソっぱちに決まってるとあたしは思った。

部屋を出ると玄関の近くのソファにさえちゃんが座って羊かんを食べていた。

「どうだった？」と聞かれたけど、「どってことないよ」とあたしはぶっきらぼうに言い捨てた。

＊

一週間後、またアレハンドロがお金の催促にやって来た。シュウくんのケータイは相変わらず通じない。しかたなくあたしはアレハンドロと一緒に東京に出て「運び屋」の仕事をし、シュウくんにお金を渡してアレハンドロと二人でさえちゃんちに戻った。シュウくんはあたしがまだ借金取りに追われていることを知ると、さっさと一人で行ってしまったのだ。

　すっかり疲れてアレハンドロと二人でおばあちゃんの部屋のこたつにもぐり込んでいると、ヤマザキのドーナツの袋を持ってさえちゃんがやって来た。

「なんでシュウくんのところに戻らないの？」といつものさえちゃんらしくない責めるような感じで聞く。

「シュウくんは友達の家に居候《いそうろう》だし、オーディションで忙しいみたい」とあたしは答えた。するとさえちゃんは「あのさあ、ＢＨＫのこと、ハジメがインターネットで調べてくれたんだけど、検索に引っかからないんだって。私にはよくわからないけど、いまどき検索に引っかからないなんてぜったい情報操作してるんだよ、逆に本物っぽいって言うの」とあたしの横に座った。

「なによ、貧乏神がほんとにいるって思ってるの？」とあたしはびっくりして聞き返した。

「だってさ、この間だって、シュウくん、まどかさんのところへ行くって言ってたけど、そのまどかさんってお金持ちのお嬢様なんでしょ。目当てはぜったい金だよ。エリちゃんだまされてるんだよ。ハジメはさあ、オレオレ詐欺《さぎ》みたいに貧乏神詐欺なんてのがあって、そういうのにひっかかってるんじゃないかって言うの。イケメンが恋人になりすまして女に働かせて金吸い上げるって感じ？　世間にはよくある話っぽいけど、そういうイケメンの組織みたいなのがあって、その組織に属している男たちを『貧乏神』って呼んでるわけよ」

さえちゃんの説明を聞いてあたしは急に弱気になった。まさかそんなことはないと思いながらも、モリモリって女に言われたこともＢＨＫのことも全然忘れられない自分がいるのにあらためて気づかされたからだ。考えたくないことをまた考えさせられてちょっとムカつき「なんでなんでもハジメにしゃべっちゃうのよ」と文句を言う。

「シュウくんってたしかにカッコいいけど、エリちゃんのいうほどいい人には見えなかったよ。なんか冷たいじゃん」とさえちゃんは遠慮がちに言う。

「それはさあ、あんな場所でベタベタできないからで」とあたしは答え、ほんとはあんなんじゃないんだよと思った。

「ねえ、おばあちゃん、貧乏神ってほんとにいると思う？」とさえちゃんはおばあちゃんに向かって聞く。おいおい、とあたしは思ったけど下向いてうたた寝しているものとばっかり思っていたおばあちゃんは急に真顔《まがお》になって「いるさ」とはっきり答えた。

「貧乏神とはまたやっかいな神様をしょい込んじまったね。あれはなかなか出ていってくれないよ。アタシが子供のころ、このあたりで一、二の金持ちだったキノシタっていいう呉服屋《ごふくや》があったんだけどね、どういうわけかそこの家に貧乏神が上がりこんじゃって、とたんに働き者の奥さんが病気で寝込んじまった。ダンナは浮気者で遊び好き。奥さんにうるさく言われないのをこれ幸いと遊びほうけて、すっかり商売のほうはお留守になった。最初は奥さんの穴を埋めようとがんばっていた店の者たちも、そのうち気がゆるんでしまい勝手をし始めた。店はなんとなくすすけてホコリっぽくなって、客は誰も寄りつかなくなる。しまいに番頭さんが反物《たんもの》を根こそぎ持って逃げてしまったのさ」

あたしらはおばあちゃんの話にすっかり聞き入っていた。

「それでどうなったの？」とさえちゃんが先を促すと、

「病の床にあった奥さんが長老のおじいを呼んで、なんとか貧乏神を追い出してもらえないかと相談したのさ。おじいは呉服屋の外に火をおこし、網の上に朴《ほお》の木の葉を並べそれを皿代わりにして味噌《みそ》を焼いた。味噌の焼ける匂いにつられて母屋《おもや》の押し入れからふらふらと出てきたやせこけてボロをまといボサボサの髪をした汚い貧乏神に、そろそろほかへ行ってはもらえないかとていねいにおじいは頼んだんだ。貧乏神は焼けた熱い味噌をなめながらしばらく考えていたが、ふんとうなずくとスタスタ歩いて行ってしまった」とおばあちゃんはにっこり笑った。

「それでどうなったの、その呉服屋さん」とあたしは思わず聞く。

「キノシタスポーツ、覚えてないかい？　息子が呉服屋の跡をついで店を立て直したのさ。いまは駅前に店を移して商売してるよ」

おばあちゃんの話はそこで終わり、さえちゃんは袋を破ってドーナツを一つずつみんなに配りながら、「やっぱりいるのかな、貧乏神」と言う。アレハンドロはすっかりヤマザキのドーナツが気に入ったみたいで、渡されるとすぐにパクリとかぶりついた。さえちゃんはそれを見てなんとなくうれしそうに見える顔をしている。なんとなくって言うのはさえちゃんの顔って喜怒哀楽がわかりにくいから。「だけど、その貧乏神はイケメンじゃないじゃん」とあたしが言うと、さえちゃんは「おばあちゃん、それってどのくらい前の話？」と聞く。おばあちゃんは「そりゃ何十年も前さ」と答える。

「ほらあ、モリモリが言うとおり、昔はボロッちいヤツだったのがイマドキに変身したんだよ」

そう言うさえちゃんはやっぱりなんだかうれしそうな顔をしているように見える。くそっ。あたしもやけくそでドーナツにかぶりついた。あまーい。この安っぽい味が心にしみるなんて、あたし、相当弱ってる。

「とにかく、貧乏神の目を見ちゃダメだよ。情けをかけたくなるからね。わかったかい」

おばあちゃんはあたしの顔をじっと見つめる。貧乏神の目を見ちゃダメなんだ。その言葉が頭の中で何度もこだました。

＊

けっきょくさえちゃんとハジメに説得されて、その三日後に再びあたしはＢＨＫの事務所に行くことになった。今度もさえちゃんは堂々とついてきて、なんでついてくるのと聞いたら私にも責任あるからと答えたけれど、週刊誌的な興味がありありなのにきまってる。ＢＨＫって貧乏神の追い払い方も教えてくれるのかな、イマドキの貧乏神も味噌が好物なのかななんてのんきな感じで言うので、ちょっとイラついた。

ＢＨＫの事務所になっているマンションの一室には、村上モリモリと同じような黒ずくめの服を着た女が四人いて机に向かって何か仕事をしていた。あたしらが入口近くのソファに座ると、一人の女が紅茶を出してくれた。それから小さな白いお皿にマカロンを二個ずつ。バラ色とグリーンでものすごくかわいくて、さえちゃんはあっという間に二個とも食べてしまい「めっちゃおいしい」と言う。あたしもマカロンを口に入れた。一つはバラの味が、もう一つはピスタチオの味がした。さえちゃんの言うとおりものすごくおいしい。見回すとこの前は気がつかなかったけれど、部屋の中はモノトーンでシックにまとめてあった。ソファやテーブルだけでなく掛け時計までおしゃれな感じで、この統一感はブランドものにちがいない、とあたしは思った。お金がかかってそうだ。

あたしらがマカロンを食べ終わるのを待っていたかのように女がやって来て、「今日は入会の手続きをなさいますか？」と聞いた。入会しないと貧乏神の判定法は教えてもらえないんですよねとあたしが聞くと、そうだと答える。

とりあえず入っちゃえばとさえちゃんは言うし入会金などはいらないというので、あたしはしぶしぶ手続きをし、貧乏神の判定法を早く教えてと急《せ》かした。なんとしてもシュウくんが貧乏神じゃないことを確かめたかったのだ。じっさいのところバカバカしいって思ってた、この話の全体が。でもさえちゃんが村上モリモリの話を笑い飛ばさずに真《ま》に受けてるので、やっぱり不安になったのだ。それはときどきふっと、シュウくんのために借金を重ねている自分がどこかゆがんでいるって、思うことがあるからかもしれない。あるいはほんのちょっとだけど、貧乏神って言葉がシュウくんの正体を言い当てている気がしてしまったから。それに、貧乏神の被害者の多くは彼らの肉体の虜になっていることを認めたがらないと、村上モリモリが言ったから、あたしもそうだって気がしてしまう。それにあの人たち、断貧サロンに出ていたあの人たちも最初はあたしみたいな気持ちだったのだろうか？　とにかくシュウくんの疑いは晴らさなくちゃ、とあたしは思った。疑いを晴らして一分でも早く安心したかった。

手続きをしてくれた女は「判定法はこれから行ってもらう場所で教わることになります。まずそこで何より借金をどうするかを相談してください。これが次にあなたが訪ねる住所です」と言うと、最初に渡されたのと同じような黒いカードを取り出した。

「てまえどもの会はインターネットはもとより、電話、手紙など口頭以外の一切の連絡手段を封印しております。連絡は人から人への口頭でなされます。情報漏《ろう》えいをできるだけ回避するためです。ここで知り合った人とメールで連絡を取り合う、あるいは電話でしゃべることはやめていただきます。強い情報統制下にある我が国で地下組織を維持していくのは非常に困難なのです」

むずかしげな女の言葉に、あたしらはただ黙ってうなずいた。

「とりあえずここへ行っていただきます。お金の話をつけてきてください。心配しないで。そこにいる方は厳しいですがＢＨＫの味方ですから」と女は言い、新しいカードをあたしの前に置いた。

ＢＨＫの事務所を出ると、あたしらは深川不動尊の石段に腰かけて、屋台で買った焼きそばを食べた。「ここってパワースポットなんだって」とあたしが言っても、さえちゃんは興味なさそうに「ふうん」と答えただけで、焼きそばを食べ続けている。冷たい空気にふれて焼きそばはあっという間に冷めてしまう。絶対に着たくないけれどさえちゃんの蛍光オレンジのダウンはあったかそうで、ちょっとうらやましくないこともない。

あたしがグーグルマップで次に行く場所を調べながら、青山ってあんまり行かないなあ、このホネなんとか通りって縁起悪そうなんて独り言を言っていると、「なんか積極的だし。元気っぽくて安心した」とさえちゃんが少しうれしそうな顔をする。「元気じゃないよ」とあたしが言い返すと、さえちゃんは「お守り買っていこう」と話をそらして歩き出した。

さえちゃんは昔っからそんなふうにして、あたしの不安やイライラをそれとなく察してちょっとだけマトをはずして打ち消してくれた。無意識にそういうことができるのは、たぶんずっとみんなにブスって言われてノケ者にされ続けるうちに磨《みが》かれたさえちゃんの隠れた才能なんじゃないかと思う。そしてそれに気づいていながらあたしはいつだってありがとうと言えないのだ。

家内安全とか縁結びとか学業成就とか交通安全とか、お守りはものすごくいろんな種類があって、あたしらは迷いに迷ったあげく長い房と鈴のついた「幸せのお守り」を色違いで買った。三十で幸せのお守りって、我ながらかなり痛い。さえちゃんは白い袋に入ったお守りを胸の前にかざして「貧乏神退散」と大きな声を出す。あたしはそれを軽く無視した。

それから地下鉄に乗って表参道に移動し、ホネなんとか通りを通って、あたしらは二十分かけて赤いレンガタイルのマンションを見つけ出した。一階でインターホンを押し「西野エリカです」と言うとドアが開いた。

最上階の部屋は広くて見晴らしがよかった。阿部サダヲにそっくりの男がピンクのムートンのスリッパを出してくれて、それをはいて深いグリーンのじゅうたんの上に立つとバラの花が咲いたみたいになった。

窓際《まどぎわ》に女が立っていた。女はすらりと痩せていて、髪をひとつにまとめすっきりとアップスタイルにしていた。黒いセーターにカラシ色のワイドパンツという格好で、胸にパールのロングネックレスをぶら下げている。

女が黙って右手を出したので、あたしはあわてて黒いカードを差し出した。そしてもう一度名乗ると、さえちゃんも「木村さえこです」と頭を下げた。

「わたしはアールと呼ばれています」

女の声はどこか深い井戸の底から聞こえてくるみたいに不思議な響き方をした。その声を聞いたとき、あたしは女がいままで会ったことのない種類の人間だと感じた。

「あなた方にもそう呼んでもらいます。まあおかけなさい」

女の言葉は冷たく響き、あたしらはおそるおそるソファにくっついて座った。さえちゃんの腕のぬくもりがトレーナーを通して伝わってくる。壁《かべ》は全面作りつけの棚《たな》になっており、そこにはバッグやら靴《くつ》やらアクセサリーが山のように飾ってあった。

「わたしは金貸しです。貸すのはお金だけではありません。物も貸します。BHKからの資料では三百万円で完済ということだけれど、貧乏神と別れなければこれを払ったところでただの通過点にしか過ぎなくなることは目に見えているわ。どうするの、別れたいの？」

女に質問されてもあたしは答えられなかった。別れたくないに決まってる。だけどみんながシュウくんのことを貧乏神じゃないかって疑っているから、だんだんこわくなってきた。だってそうでしょ。違うって信じてるけど、カレシが貧乏神なんてキモいし許せない。あたしが黙っていると、「エリちゃんはシュウくんが貧乏神かどうかまだ決めかねているんです」とさえちゃんが代わりに言ってくれた。

「あら、それは簡単よ。彼かあなたがしょぼい格好をしているときに、誰かに『貧乏ください』と言われたらすぐにわかる」

「言われたらどうなるんですか」とさえちゃんがさらに質問する。

「貧乏神なら輪郭《りんかく》がぼやけるの」

「はあ？」

あたしは思わず声を出してしまった。

「『貧乏くさい』という言葉は彼らにとってはタブーなの。これを言われると存在が薄まっていくの」

「でもシュウくんはいつもおしゃれな格好をしてるし、あたしもそれなりの服を着ているつもり」

「それなり、ねえ」

女はあたしの頭の先からムートンのスリッパに包まれた足まで値踏みするみたいにじっくり眺めて、「最近彼とはごぶさたなんじゃない？」と言った。

「それは、あたしが借金取りに追われて部屋に戻れないからで」

あたしはムキになる。

「だったらあなたについて逃げればいいじゃないの？」

「だってシュウくんも仕事があるし」

「仕事してるの？」

「だから仕事するためにモデルのオーディションを受けている最中で」

「ウソよ」

　女にきっぱり断言されてあたしは黙った。

「あなたと一緒にいると貧乏くさいって言われると思ってるの」

「ひどい。あたしのどこが貧乏くさいって言うのよ」とあたしが言い返すと、「あなた、彼にばかりいい服を着せてあげて、自分にはあまりお金をかけてないでしょ」と女はちょっと困ったような顔をした。

　そこへさっきの男がお盆にお皿つきのカップを三つのせて現れ、くっついて座っているあたしらの前に置いてくれた。コーヒーの香りがふわっと鼻をつく。さえちゃんが「いい匂い」とカップに顔を近づけると、「どうぞ」と女は言って、あたしらがこの部屋に入ってから初めて少し笑った。あたしは金の縁取りのある白いコーヒーカップを見つめていた。腹が立っていた。自分のファッションにケチをつけられるとは思っていなかった。あなたと一緒にいると貧乏くさいって言われると思ってるって、冗談じゃない。あたしはおしゃれなはずだ。制服を着てたときから三十になるまで、かわいくない格好なんてしたことない。さえちゃんとはちがって服にお金もかけてきたし、だいたいおしゃれは値段じゃなくてセンスの問題だ。それにあんたよりあたしのほうが若くてかわいいし。

そんなあたしの気持ちとまるで無関係に、「これ、インスタントじゃないですよね」とさえちゃんはゆっくりコーヒーを味わっている。すると女は「そうよ。買ってきたばかりの豆をあなたたちが来てからマイクが挽《ひ》いて、サイフォンでいれたコーヒー」と答えた。「おいしいですね」とさえちゃんが言ったのであたしは頭に血が上り、スリッパでさえちゃんの足を踏んだ。さえちゃんはちょっと驚いてあたしの顔を見る。目で「黙れ」と命令したつもりだったのに、さえちゃんは何を思ったのか「そのセーターいくらするんですか?」とまたおばちゃん口調で聞いた。女はふふっと愉快そうに笑うと「あなたはおもしろいコね。顔も相当おもしろいけれど」と辛口《からくち》のコメントを口にする。

「いくらすると思う?」

さえちゃんは女にそう聞かれ、思いきった感じで「二万円」と返事した。それを聞いた女は、「十七万円よ」と言って今度はほんとに笑った。

「ジュウナナマンエン?」

あたしらは同時に答を繰《く》り返《かえ》した。信じられないしバカみたい。マジでお金持ちなんだ、この人。あたしは女の顔をもう一度見た。

「十七万円もするなんて、きっとすっごくいいセーターなんでしょうね」さえちゃんは思わずって感じで言った。

「そうね、すごくいいセーターだと思うわ」

女はさえちゃんの言葉にとくに気分を害した様子も見せずそう答えた。そして、「さて、きっとあなたたちは大林シュウが貧乏神であることをまだ疑っていると思う。そこでわたしの貧乏神体験をお話しするわ。心して聞いてね」と一口コーヒーを飲むとソファに座りなおした。

＊

「わたしが貧乏神と出会ったのは、わたしが四十歳のとき。もう十年以上前、離婚して落ち込んで、それを忘れるために仕事に精を出していたころよ。わたしはかなり売れっ子のファッションライターで金には不自由してなかったの。パリ、ミラノ、ロンドン、ニューヨークと飛びまわり、流行《はや》りの服を着ておいしいものを食べて、ぜいたくでむなしさを紛《まぎ》らしていた」

女は何度も繰り返してきたのか、すらすらとまるで本でも読んでいるみたいに感情のこもらない声で続ける。

「ある日、銀座プランタンの地下一階のトイレの前で、わたしは彼と出会ったの。彼はわたしの大好きな金城武《かねしろたけし》そっくりで、わたしは一目で恋に落ちた。そして彼を家に連れて帰って一緒に暮らし始めたの。それはまるで夢のような日々だった。タケシくんと寝て、タケシくんと話すことに夢中になってわたしは仕事をやめてしまった。彼にいい服を着せ、二人でおいしいものを食べるためにどんどんお金を使った。

タケシくんとの性交は他の男との経験とはまったく別種のものだった。わたしはそれまで男に皮膚《ひふ》をなでられることでようやく自己存在の境界線を知る、というような人間だった。他力本願。あるいは自意識過剰《かじょう》。

けれどタケシくんと出会ってわたしは変わったの。はじめて自分の皮膚感覚が全開になり触れられる前から彼の生気を全身で感じるようになった。それはすばらしい体験だった。皮膚は脳と直結し大量のアドレナリンを放出した。快感はとめどなかった。彼のペニスはぴったりとわたしの奥におさまり、ほんの少し動くだけでわたしの頭のてっぺんから足の先までをやるせない甘さで満たした。わたしはその快感をむさぼった。お菓子なら食べてしまえばおしまい、服なら一度袖を通せばすぐに飽《あ》きる。だけどわたしはタケシくんの体を求め続けてもそこから得られる快感が無限であることを知っておののいた。ぜったいに彼を失いたくなかった。それでも、あっという間にわたしはお金を使い果たし、彼は去っていった。

彼がいなくなって、わたしは泣いた。泣いて泣いて泣き続けた。でもね、わたしは立ち上がったの。タケシくんが置いていったアルマーニを売り、また仕事を始めた。そして仕事先で安く手に入れたバッグや靴を女たちに貸すようになった。ブランドもののレンタルね。これが思いのほかうまくいって、わたしは金も貸し始めたの。相手をよく調べ、リスクを犯さず、短期に手堅《てがた》い融資《ゆうし》で高利を得た。そうやってわたしは確実に金を稼いでいったわ。わかるでしょ。結果的に見れば明白ね。タケシくんは貧乏神だったの。貧乏神が去って、わたしは金持ちになったのよ」

最初の口調とは違って、最後のほうは少々熱がこもっていた。女の頰《ほお》がほんのり赤くなっている。

「彼を愛してたんでしょ?」とあたしは勇気を絞《しぼ》り出して聞いた。

「愛」

女は大きな窓の向こうに広がる灰色の空と東京のパノラマに目をやった。

「愛、ねえ」

女はそうつぶやき、あたしらがじっと見ているのに気がついて「さてさて、あなたがたの問題を片づけなきゃならないわね」と急に高圧的な態度に戻った。

「ところで、なんであなた、さえこさんはついて来たの?」

「心配だから」

さえちゃんの短い答に女は少し笑った。取ってつけたような笑顔だった。

「なるほど。で、あなたたち、いまの仕事は？」

「あたしはホステスで、さえちゃんは実家の薬屋の店員やってる」

「ふむ。いい、貧乏神が去ればあなたは貧乏から抜け出せるのよ」

「ケリーバッグも買えるかな」とあたしがつぶやくと、女は棚の上から黒のケリーバッグを一つ取り出し、あたしにそれを差し出した。エルメスのケリーバッグはつやつやしていて、なんていうかスキのない感じだった。「これ、開けるの面倒くさそう」とあたしが言うと、「ケリーを持つのはケリーを持つためであって、バッグとして使うためじゃないわ」と女は胸元のパールに手をやった。

「三十になったら若さだけで着るキャピキャピした服を脱いで、品格を持たなきゃほんものとは言えないのよ。たしかにお金を出せばケリーバッグは手に入る。でもケリーを持つだけじゃケリーの魔法は効《き》かないの」

女は早口になってそう言うと、突然何かに気がついたようにバッグを取り上げて棚に戻した。

「いい、別れる決心がつく前にわたしがあなたにお金を都合したら、彼はあなたの元に戻ってくるでしょう。でもまた貧乏生活が始まり、自分にお金をかける余裕がなくなると、彼は離れていく。わかるかな？　彼はあなたからすべてを奪うだけ。とにかく、シュウくんに会ってさっき教えた方法でチェックしてからもう一度来なさい。お金の話はそのあとにしましょう」

女は少し投げやりな感じで言い放った。あたしは返事ができなかった。

＊

貧乏神判定法を教わったのに、あたしはなぜかそれを試す気になれなかった。だからさえちゃんに甘えて、朝になるとアレハンドロと一緒に例のベージュ色の巨大おにぎりを食べ、昼はカップラーメン、夜は豚《ぶた》バラ肉と鶏《とり》ムネ肉とおからが替わりばんこに出てくるというバラエティのないハナコさんの節約ごはんを食べ、合間はおばあちゃんの部屋でテレビを見た。アレハンドロは店に出てハナコさんの指示で品物を並べたりしてかいがいしく働いていたので、あたしの怠慢《たいまん》は目立って、さえちゃんはどっかで働けばとまで言い出した。

ある日、ハナコさんが買い出しについて来いと言うのでしぶしぶさえちゃんとついて行った。駅前の大きなスーパーマーケットで特売の豚バラ肉と鶏ムネ肉を大量に購入したあと、ただでお茶が飲めるところがあるのよと言って、ハナコさんはスーパーの中にあるゴールドカード専用のラウンジにつれて行ってくれた。ハナコさんがゴールドカードを持っているということが意外だった上に、そのラウンジでは無料でコーヒーも紅茶もソファに座って飲めるし、たいしたことないけどお菓子もあってあたしはけっこう感動した。そう言うとハナコさんは、お金っていうのはね、使おうと思えばいくらでも使えるのよ、いかに使わないかをいつも意識してなきゃ残せないわ、今日だってスタバに行ったら三人で千五百円はかかるわよ、外でお茶するのが一番もったいないと言い、そこから節約について語り始め、節約メニューの主役はおからともやしだとか、冷蔵庫は開けないに限るだとか、とにかくコンセントからプラグを抜かなきゃダメだとかケチくさい話がずっと続いてあたしもさえちゃんも最後にはうんざりし、貧乏神だってハナコさんには絶対にとりつきっこない、だってハナコさんはあたしと違ってお金を使わないことが楽しい人間なんだから、としみじみ思った。

スーパーから帰ってくると家は大騒ぎになっていた。おばあちゃんの預金通帳がなくなったというのだ。おばあちゃんの部屋はぐちゃぐちゃで、おばあちゃんが何かを引っ張り出すとおばちゃんがそれを片付けるという作業がもうかれこれ三時間続いているらしい。部屋の隅《すみ》にはアレハンドロのバッグの中身とおぼしきものもぶちまけられていて、あたしとさえちゃんはその中のセーターに気づいて近づいた。それはカーキの地に赤や白や茶で複雑な模様《もよう》が編《あ》みこまれたぶあついセーターだった。

「これ、手編みじゃない？　チョーあったかそう」とあたしは思わず言った。質素《しっそ》ななりをしているアレハンドロの持ち物としてはなんだかそぐわない感じがする。アレハンドロはセーターを眺めているあたしらに気がつくと飛んできてそれをバッグにしまい込んだ。いつもバッグを離さないのはこのセーターのせいだったのだろうか。

「まさか、アレハンドロ疑われたの？」とさえちゃんが言うと、「そうなのよ。説明したくても言葉が通じなくて」とおばちゃんが困った顔をしたので、さえちゃんはあわてて自分の部屋からホコリをかぶった和英辞典を引っ張り出してきて単語を調べ、「おばあちゃん、ロスト、バンクブック」と説明した。アレハンドロはその言葉を繰り返し、「○△×□×△○」と早口でまくしたてる。「なんて言ったの？」とさえちゃんが聞くので「オレは取ってないって」とあたしが答えたら「なんでわかるの？」と聞き返す。

「さえちゃん、わかんないの？」とあたしは言い返した。

　おばあちゃんはなんだか気が変になったみたいにあちこちの扉を開けて中のものを引っ張り出す。あたしが「あんがいポケットに入ってたりして」と言うと、おばちゃんがおばあちゃんの着ていた裏フリースのジャケットのポケットに手をつっこみ「あった」と大声を上げた。

おばちゃんが通帳を開いて中を見ているので興味がわいてそっとのぞくと、いくつも0が並んでいる。おばあちゃんってお金持ちなんだと驚いたが、そう言えばさえちゃんが、店は繁盛してるとはいえないけど借金ないんだよ、と言っていたのを思い出した。店も土地も自分の家のものだし、米はハナコさんの実家が送ってくれて、お兄ちゃんたちに店を任せて家の裏の畑でお父さんとお母さんはせっせと野菜を育ててるし、ぜいたくさえしなければ食べるには困らないとさえちゃんは話してた。三百万も借金があるのに平気でいられるなんて信じられないって言われたけれど、使う気がなくてただ大金を貯め込んでいるほうがもっと信じられないとあたしは思う。

さえちゃんはおばあちゃんの引っ張り出した衣類を畳《たた》んで元の場所にしまっていった。あたしとアレハンドロは散らばったカセットテープを拾う。「テレサ・テン、谷村新司《たにむらしんじ》、フランク・シナトラ、美空《みそら》ひばり」と拾うたびにタイトルを読み上げ「ぜんぜん知らない」と言ったら、さえちゃんが歌い始めた。アレハンドロが「シナトラ!」とうれしそうに言い、「そうそうシナトラ」とさえちゃんも答え、二人で一緒に歌っている。二人はすごく楽しそうで、それなのにそんな二人をおばあちゃんは、なんだか冷たい目で見ていた。

＊

それから三日後、突然村上モリモリがさえちゃんの家まであたしを訪ねて来た。

おばあちゃんの部屋にさえちゃんとモリモリが入ってきたとき、あたしはおばあちゃんとアレハンドロと三人でテレビを見ていた。モリモリがこたつに座ると、すぐにハナコさんがお茶をお盆にのせて入ってくる。さえちゃんのおばあちゃんとなぜかハジメのおばちゃんもやって来て、「二人がお世話になってるそうで」と余計なことを口々に言いながら話に参加するつもりになっている。おばあちゃんとアレハンドロはおとなしくしているからいいとしても、おばちゃんたちまではムリ、と目で訴えると、さえちゃんがあわてて三人を部屋から追い出してくれた。モリモリはあたしとシュウくんのアパートのほうにも何回か行ってみたと言う。

「今日は断貧カウンセリングをするためにまいりました。アールさんから貧乏神判定法をお聞きになったんですよね」

モリモリは単刀直入に話し始めた。

「判定法は判定法であって、たとえそれを試したとしても貧乏神がこの世からいなくなるわけではありません。何を恐れているのですか」とモリモリはごくりとお茶を飲む。

「何も恐れてなんていないけど」あたしはなんとか言い返す。

「いいですか、断貧サロンでもお話があったと思いますが、貧乏神はとりつく相手の個人的な嗜好《しこう》と人間性を研究しつくしてきます。あなたの好みはもちろんのこと、精神力、愛情の深さ、世間からの孤立度、そして自分自身に対する自信のなさなど、貧乏神が生き延びるために必要な要素をどれだけ持っているかを調べあげるのです。どんなに愛情深くがんばり屋でも、世間から孤立していなければ貧乏神の居場所は確《かく》たるものにはなりません。また自分に自信を持っている人は貧乏神に貢《みつ》ぐことに疑問を抱きます。これらは一見ささいなことのようですが、貧乏神にとっては重要な問題となります。フェイクの恋愛関係をうまく作り上げるためにはお互いを満足させるような言動が必要なのです」

モリモリはまたごくりとお茶を飲んだ。

「エリカさん、あなたは兄弟友人もおらず、親とはほぼ音信不通。それにまだ自慢できる仕事にもついたことがない。自分に自信がないはず。それに加えて貧乏神は天才的にウソが上手《じょうず》です。普通の人でもだまされる。ましてや友人のいないあなたは、彼と二人きりの閉じた関係の中で、貧乏神の言うことを疑いもしないでしょう。ちがいますか?」

いったい何様のつもりなの、この女は、とあたしはなんだかものすごく腹が立った。もしシュウくんが貧乏神だとしたら、あたしは被害者なんだから同情されていいはずだ。それでも、いろいろ言い当てられた気もして「シュウくんはウソなんてついてない」と言うだけで精一杯だった。

「貧乏神はみんな男なんですか?」とさえちゃんが割り込んでくる。さえちゃんの質問ってほんとにさめてる。無知を装《よそお》って会話の中に入り込み、情報量を増やしていくなんて、まさに田舎《いなか》のおばちゃん。土地の女はこうやって他人の噂話を大きくしていくテクニックを磨いているのだ。こわいこわい。でも村上モリモリはどんな質問にも動じない。こっちもツワモノだ。「そのようです。おそらく男に貢がせる人間の女たちと争うことを避《さ》けたかったのでしょう。BHKがキャッチしてきたのはすべて男の貧乏神です」と答える。

「だからシュウくんは貧乏神じゃないって」とあたしは反射的に言い返していた。

「わかりました。ためらう気持ちはわかります。実に九十%の方が貧乏神であるかどうかを確かめるのを迷われるのです。そして結果がわかってもなお三十五%の方は別れようとはなさいません。したがって別れる別れないはあとで考えるとして、とりあえず行ってチェックしてみてくださるよう強くお勧めします。いつまでもここでこうしているわけにもいかないでしょうから。それにそろそろお金の催促があるかと思いますし」

村上モリモリの言い方はいじわるであたしはかなり傷ついた。人が文章にして口にすると、いかにもシュウくんが悪者だって感じがするのがくやしかった。

「六日後の断貧サロンに予約を入れてありますので、ぜひまたおいでください。それでは私はこれで失礼します」

モリモリは律儀《りちぎ》に一礼すると、部屋の隅でおとなしくしていたアレハンドロに目を向けた。鋭い目つきで何者か探っているようだ。

「その人はシュウくんのお使いなんです。日本語は話せません」とさえちゃんが説明すると、「そうですか」と返したが、モリモリはいつまでもアレハンドロを見つめている。そして「ステキですね。手編みですか」とバッグからのぞいていたセーターをほめると、もう一度一礼し背筋をシャキッと伸ばして帰っていった。

その日、夕ごはんを食べたあと、またおばあちゃんの部屋でさえちゃんとまったりしていると、アレハンドロが「トゥモロー　ツーピーエム　ギンノスズ」と言い出した。モリモリの予言どおり、シュウくんからまた金の催促があったのだ。なんであたしの電話にかけてこないんだろと思いながら「どうしよう、お金ない」と言うと、さえちゃんは黙ってスルーした。もう貸さないという意思表示だろう。

この前のぞいた通帳の残高のケタ数を思い出して、おばあちゃんに「お金貸して、カレシが困ってて」と頼むと、「息子の作造《さくぞう》もそうやってあたしから金をもぎ取っていったもんさ。競馬《けいば》とパチンコで財産食いつぶしてとっくに死んじまったけどね」とおばあちゃんは答えた。

「いやいやいやいや、死んでないし。作造は私のお父さん。朝早くから畑で働いて、昼からバリバリ競馬とパチンコ続行中」とさえちゃんが口をはさむ。おばあちゃんはゲラゲラ笑っている。

「ハナコさんっていくら貯金があるんだろ」と聞くと、なぜかアレハンドロが「ハッピャクナナジュウマンエン」と答える。「マジ？　あたしに貸してくれないかな」と言ったら「絶対ムリです」とさえちゃんは言い切る。「ねえ、さえちゃん、やっぱり十万貸して」とあたしは両手を合わせた。「エリちゃんおかしいよ。十万って普通どんだけ働くと思ってんの」とさえちゃんが言うのであたしはわかってるよとうなだれた。

それでもけっきょく翌日、さえちゃんはあたしに十万貸してくれて、アレハンドロと三人でまた東京駅に出かけた。

銀の鈴広場はこの前来たときと同じで、待ち合わせの人でごった返していた。大きな荷物を持った人がたくさんいて、大事そうに黄ばんだナイキのスポーツバッグを持ったアレハンドロは、まるで旅行中の人みたいで東京駅の風景にとけ込んでいる。ポツリポツリとアレハンドロが語った言葉をつなぎ合わせると、あのセーターは前にいたところで世話になった人が編んでくれたもので、まさかのときは金に換えろとプレゼントされたらしい。何も隠すことはないのにと言ったら、アレハンドロは恥ずかしそうにうつむいていた。その感じで、あのセーターが大事なものらしいってことはなんとなくわかった。いまどき手編みのセーターなんて流行らないし、念がこもり過ぎちゃっててちょっとこわいけど、着ればいいのに、とあたしは思う。

じりじりと待っているうちに二時になり、約束どおり人ごみの中にシュウくんがこの前と同じ空色のコートで現れた。やっぱりいつ見てもカッコいい。いったいどこが貧乏神なんだ、とあたしはバカバカしくなり、思いっきりシュウくんに向かって手を振り、一歩踏み出した。そのとき、「貧乏くさい」とさえちゃんの声が響いた。

あたしはびっくりしてさえちゃんを見、それからあわててシュウくんに目を移す。するとシュウくんは少し薄くなっていた。薄くなったというか、輪郭がちょっとにじんで目に映るシュウくん全体がぼやけたのだ。ざわめいていた銀の鈴広場が一瞬無音になる。あたしは何度もまばたきをしたが、シュウくんの姿はにじんだままだ。

「エリちゃんもほんと最近貧乏くさいね」とさえちゃんがとんでもないことを続けて言った。シュウくんはさらにぼやけてちょっとスカスカして透明っぽくなる。さっきまで心になじんでいた広場の風景が、急によそよそしく感じられる。シュウくんのにじんだ顔がこっちを向き、底のない黒い瞳がまっすぐあたしを見つめた。胃のあたりが冷たくなる。

ちがう。絶対にちがうもん。あたしは心の中でそうつぶやき、まるで何事もなかったみたいに、

「会いたかったあ。誰の家に泊まってるの？　あたしも今日はそっちに泊まりたい。はいお金」とシュウくんにぴったりくっついてお金を渡そうとした。シュウくんはまるで反応なく、ぼんやりさえちゃんのほうを見ている。

「どうしたの？」とあたしが聞くと「いや、なんでもない」とシュウくんは急に笑顔になった。その顔はもうにじんでいなかった。

「それよりエリカ、いつになったら部屋に戻れそう？」とシュウくんが聞くので、「もう少し待って。それより早く電話代払って」とお金を渡す。シュウくんは、また連絡するからと言うと行ってしまった。胸をぎゅっとつかまれたような嫌な感じになる。さえちゃんが何か言いたそうにしていたのであたしはあわててアレハンドロを先に帰した。

二人だけになるとすぐ、「やっぱり貧乏神だったじゃん」とさえちゃんが勢い込んで言った。「大きな声で言わないで」とあたしはさえちゃんに向かってきつく言い返した。

「だって見たでしょ。私が貧乏くさいって言ったらぼやけた」

あたしが黙っていると、「ねえ、見たでしょ。ぼやけたじゃん」とさえちゃんが繰り返す。

「ぼやけてないよ」とあたしは小さな声で抗議する。ツーッと冷たいものが頬に流れたのに気づき自分で驚いた。さえちゃんはあわててあたしの肩に手を置き「助けてもらったほうがいいよ」と小さな子供をあやすようにぽんぽんと肩を叩《たた》いた。

「そうです。助けを借りてください」

そのとき、またあの声がした。振り返ると村上モリモリが立っていた。びっくりしたけれど、それでもなぜかちょっと安心した。だって、このへんてこな現実を冷静に受け止められるのはモリモリだけだと思ったから。現実？　まちがいない。これは現実。

「別れる別れないはさておいて、借金をなんとかしましょう」

モリモリはいつにも増してシャキッと背筋を伸ばした。

「動揺なさっているでしょう。しかしことははっきりしたのですから、一歩前に進んでください」

あたしは精一杯力を込めて「あたしは認めない」と言い返した。さえちゃんがそっとあたしの手を握《にぎ》ってきた。あたしもそっと握り返した。広場のざわめきが押し寄せてくる。

「とにかくアールさんのところに行ってお金の相談をしてきてください」

モリモリはあたしにではなく、さえちゃんに向かってそう言った。さえちゃんはまるであたしの保護者みたいに深くうなずいた。

＊

それから二日経って一大決心をし、さえちゃんに内緒でアールさんのところへ行った。あんなことがあったのだから、さえちゃんはもう二度とお金を貸してくれないだろう。あたしはあせっていた。けれど、シュウくんと別れられないならお金は貸せないとあたしは門前払いされた。借金は利子だけでもどんどんふくらんでいたが、何もメドが立たないまま、またさえちゃんちに戻るしかなかった。忘れようとしてもぼやけたシュウくんの姿が忘れられない。あんなの気のせいだって言うもう一人のあたしも元気がなかった。

二度目の断貧サロンに参加したのは、自分と同類の女たちに無性《むしょう》に会いたくなったからだ。あたしはBHKの事務所へ出向いた。その日のメンバーはこの間と同じ、かおるこ、シャーリー、まりえ、きいの四人とあたしだった。今日はテーブルの上の大皿に、小さなエクレアがきれいに並んでいる。

司会の女が最初に「さえこさんがBHKに入会されました」と報告すると、四人の女たちは盛大な拍手をした。

「本来ならばさえこさんに自己紹介をしていただくのですが、残念なことにさえこさんにはまだその準備が整っておられません」

司会の女がそう言うと、四人の女たちの口から「おお」とか「はあ」とかいうため息がもれた。司会の女はざわめきが静まるのを待ってから、「そこで今日はまず近況報告をしていただいたあと、さえこさんに質問をしていただくことにしましょう」とうれしそうな顔で提案する。四人の女は順番に近況報告をした。みんな順調に断貧生活を送っているようだ。聞いているとあたしはこの前と同じようになんだかイヤな気持ちになりかけた。すると、「いいお話ばかりで盛り上がりましたが、さえこさん、何か聞きたいことがあれば言ってくださっていいんですよ」と司会の女がまた前回と同じように絶妙のタイミングで場を仕切る。あたしはためらいながら「みなさんのカレシが貧乏神だとわかったときのことを教えてください」と一番聞きたかったことを言ってみた。

「わかりました。この会ではなんでも隠さず話すことになっているのできっと貴重《きちょう》なお話が聞けると思いますよ。では今度はまりえさんから」

司会の女がそう言うと、まりえはもう涙目になり「あんなつらいことはありませんでした」と言い出した。

「私がもうお金は渡せないと言ったら、そう言えって村上モリモリさんに言われてたんで、そうしたら彼の顔からスッと親しげな表情が消えてまるで知らない男みたいになったんです。そして、わかった、じゃあこれきりだって」

まりえはそこまで言うとズズーッと鼻水をすすった。

「え、それだけ？」とあたしはつい聞いてしまう。

まりえはちょっとためらったあと、「きいちゃんが貧乏くさいって言ったら、彼なんだかぼやけちゃって」と答えた。

「きいちゃんって、そのきいちゃん？」とあたしが聞くと、「確かめてほしいってまりえさんに頼まれたんですぅ」ときいが話を受ける。「で、私のときはシャーリーさんがテストしてくれて、認めざるを得なくて」とつけ足した。

「じゃ、もしかしてシャーリーさんのときは、テストしたのがかおるこさんだったりするわけですか？」とあたしがおそるおそる聞くと、「えっと、まあ、そういう感じで」とシャーリーが答えた。

「かおるこさんは？」

あたしはかおるこの顔を見た。

「私の場合はね、ほんとに偶然。私がひどい格好で、スウェットにのびたティーシャツ、すっぴんで、外出する彼と一緒にゴミを捨てようと部屋を出たところを、意地の悪い隣の女に見られて。私がいい男と一緒なのがずっと気に入らなかったのか彼女に、『貧乏くさっ！』と言われたの。そうしたら彼、すうっと薄まってすごくあせっちゃって」

かおるこがそう言うと、まりえがまたズズーッと鼻をすすった。

「カレシがぼやけるってけっこうヒサンですよね」

きいが言うと、ほかの三人の女とあたしは黙ってしまった。部屋の中がしんと静まり返って、みんながそのときのことを思い出しているのがあたしにはわかった。ズズーッとまりえがまた鼻水をすする音だけが響いた。

その後、貧乏神のここがおかしいという話に移ったが、どの話も全部、自分に向けられた説教のようにあたしは感じていた。

「このあとみんなで飲みに行くんだけど、さえこさんも一緒に行かない?」とかおるこから聞かれても、すぐに返事ができなかった。

あたしがためらってるのを見たきいが「ここじゃ話せないこともありますしぃ」と笑いながら小声でささやく。かおるこもあたしの顔を見て意味ありげにうなずいた。どうせあとはさえちゃんちに戻るだけだし、いいか、と思って、あたしは四人について行った。

*

商店街を少し歩いて居酒屋に入り、つい立てで仕切られた座敷の一つに陣取る。慣れた感じできいが注文をまとめ、飲み物が来ると、かおるこが「お疲れさまでした。さえこさんの入会に、乾杯」とグラスを差し出した。ほかの三人も「乾杯」とグラスをカチカチいわせている。あたしもつられてグラスをつき出し、ほかの人のグラスにぶつけて音をたてた。

「二回目の断貧サロン、どうでした？」とシャーリーがグラスを持ったままちょっと伏し目がちで聞くので、「うーん」とあたしは口ごもってしまった。

「ですよねえ。私も最初は全部自慢と説教に聞こえたもの」

まりえはサロンのときのおとなしそうな雰囲気からガラリと変わって、明るい表情でぐいぐいビールを飲んでいる。

「でも、この二次会でみんなと話したら気持ちが変わったの」まりえはあたしを見てニッと笑った。

「さえこさん、サロンに出たけどみんなの前で自己紹介しないってことは、まだ別れないってことだよね、彼と」かおるこがいちばん触れてほしくないことを聞いてきた。

「まあそんな感じです」あたしはぼそっと答える。

「えっと、その、テストはしたの？」とシャーリーが聞くので、あたしは「一度だけ、友達が」と答えた。

「で、どうだったんですか？　って聞くまでもないですよねえ」運ばれてきたお皿をテーブルにバランスよく並べながらきいが言う。あたしはびっくりして「なんで聞くまでもないんですか？」と聞き返した。

「だってえ、ＢＨＫに入った段階で確定ですもん。いままで入会した人で貧乏神にとりつかれていなかった人はゼロ。いないんですって」

きいがそう説明すると、「と、村上モリモリが言うわけよ」とかおるこがつけ足した。

「ほんとヒサンですよね。カレシが薄まるって。私の友達が二回も貧乏くさいって言うから、カレシが消えちゃうんじゃないかってあせった」

そのときのことを生々しく思い出しかけ、あたしがビールを一気飲みすると、まりえの真剣な目にぶつかった。

「消えませんよ、それだけじゃ」

たしかにモリモリもそう言っていた。

「どうしたら消えちゃうんですか?」

「さえこさんがカレシを貧乏神だって確信したときに消えるんです」まりえはつらそうな顔をした。

「まりえさんのカレシは消えちゃったんでしたっけ?」ときいが聞く。

「消えなかった。たぶん私は確信できなかったんだと思う」とまりえは深いためいきをついた。

「まあ、実際、カレシが貧乏神だなんて言われて、はいそうですかって別れられる女はいないと思う」かおるこがつとめて明るくそう言うと、

「たとえ貧乏でも」とシャーリーがつけ足した。

「ですよねえ。だって、貧乏だって幸せだったし」

きいの一言に全員が思わず深くうなずく。

「さえこさんの彼もイケメンなの？」とシャーリーに聞かれ、あたしは「うん」と答えた。

「ここにいる四人の彼もみんなイケメンだったのよ。カッコよくて、しかもやさしくて、考えてみればあたしには不釣合《ふつりあ》いな男だった」

シャーリーはそう言うとメガネの位置を指で直した。不釣合いという言葉にあたしはまたドキッとする。この間もそう言われてびくついたのは、シュウくんとあたしが釣り合ってないいんじゃないかって心の底ではずっと不安だったからだ。

「言えてる。なんで自分がこんないい男とつきあえてるんだって考えなかったのはうかつだったな」まりえは二杯目のビールを飲み干した。

「私なんか自分の年考えればだまされてるってわかりそうなもんなのにね。もともとむちゃくちゃ疑り深いヒトだったのよ。私、いま四十」かおるこが髪をかき上げる。

「だけどいいなあ、さえこさん。まだ別れてなくて」

きいにそう言われて、「いやいやいやいやいや、貧乏神なら別れなきゃでしょ」とあたしは思わず言った。するとまりえが「別れたいんですか？」とたたみかけてくる。

「まあそこんところがよくわかんなくて」あたしがそう答えると、

「いったいどこがいいのよ」とシャーリーが笑いながら聞いた。

「ええーっ、そうあらためて聞かれると困るけど、そうだなあ、シュウくんって、あ、シュウって言うんですカレシ、カッコいいんですよ。一番好きなのは、ペットボトルの水を飲んでるところ。ただの水なのにすごくおいしそうにごくっごくって。アゴと喉《のど》のラインがきれいで思わず見とれちゃう」

あたしが答えると、みんなはヒューヒューとはやし立てた。

「シャワー浴びて髪ふきながら裸で出てくるところも好き。つるつるの肌が水をはじいて水滴がダイヤみたいにキラキラして、胸がきゅんとなる」

「それってアレの後ですか？　ベッドから見てるんでしょ。いいなあ」

きいがうらやましそうに言ったのでみんなが笑った。

「それに、いちいち言うことがかわいいんですよ。たとえば外で待ち合わせするでしょ。会ったとたん『テレちゃうな』って言うの。なんでって聞くと『きみがかわいいから』だって。こっちがテレるっつーの。それとか、お店から帰ってきてただいまって部屋に入ると、『おかえり、さびしかった！』ってぎゅっと抱きしめてくれる。買い物に行ってフィッティングルームから出てきてシュウくん似合うよって言うと、『買ってくれるの？』って聞くの。自分お金持ってないくせに。だから、うんって言うと『ありがとう！』ってまたぎゅっ。つき合い出したころならわかるけど、いまでもずっと同じなの。それで『お金持ってる？』って心配になって聞くと真っ黒い瞳でじっと私の目を見るんだけど、その瞳が『見捨てないで』って言ってる気がしちゃうんだな。放っておけない感じ。性格はおだやかで、いばらないし、いらいらしないし、おじいさん、おばあさん、犬や猫にやさしくて、私がお店であったできごとなんかグダグダ話してて、ふと『私、うるさい？』って聞くと『全然。もっと話してよ。聞いてるだけでしあわせ』とか言ってくれる。それにあたしあんまり人にほめられない人だったのに、シュウくんは『きみには不思議な魅力がある』とか『まだ表に見えないだけで、きっと隠れた才能があるはず』とかしょっちゅう言ってくれる。すごくうれしい。あとやっぱり決めゼリフかな。『僕にはきみが必要なんだ。きみなしの毎日なんてありえないから』って。マジではっきりそう言われると、ねえ」

みんなは無言であたしの話を聞いていた。自分の貧乏神のことを思い出しているのだと、あたしにはなぜかわかった。

「抱かれるたびについ愛されてるって思っちゃうのよね」とかおるこが独《ひと》り言《ごと》みたいに

言った。そこでまた全員が深くうなずく。

「でもですよ、肉体関係と、おしゃべりと、ぜいたくさせて喜んだこと以外は、けっこうヒサンだったんじゃない?」とシャーリーが沈んだ空気を吹き飛ばそうとする。

「ですよねえ。私なんか十七でキャバ嬢やりましたもん。法律犯してるっつーの。でもしかたないんですよね、カレシ働かないし」

きいがそう言うのを聞いて、「みんなのカレシも働いてなかったんですか? あたしのカレシはモデルのオーディション受け続けてるんだけど」とあたしは言った。

「あたしのカレシもそう。スカウトされて、それからオーディション」シャーリーが答える。

「私のカレシもモデルのオーディション受けてましたよぉ。まりえさんとかおるこさんのカレシは俳優のプロダクションにスカウトされて芝居のオーディション受けてたんですって。マジ、ワンパターンですよねえ」きいがグラスのビールを飲み干した。

あたしは、どんと落ち込んだ。そうなんだ。オーディションがワンパターンなんだ。

「落ち込んでますね、さえこさん」

三杯目のビールを飲みながらまりえがあたしの動揺を見すかしたように言い、ほかの三人が笑った。

「私はねえ、一部上場の商社に勤めてたのよ。だからカードローンでガンガンお金が借りられて、ほんと、あっという間に借金の山。会社行きながら、この年で夜は水商売よ。結局借金のせいで会社はやめなくちゃならなくなった。だけど彼のためにお金使うのは全然嫌だと思わなかったな。むしろお金使うのがなんだかしあわせだった。まともなことに使ってる気がしてた」とかおるこが言うと、

「そこが神業なんですよ」とシャーリーが後をひきとった。

「カミワザ?」あたしが聞き返すと、

「だってそうじゃないですか。やつらはただ貧乏くさいと言われないようにあたしたちを利用してただけなのに、あたしたちときたら一生懸命《いっしょうけんめい》働いて、むしろ喜んで協力してたんですもの」シャーリーが答えた。

「でもですよお、普通の恋愛とそれのどこが違うって言うんですかあ? 私はカレシのためにいろいろお金の工面をするのが楽しかったし、働くのだって張り合いがありました。カレシのいないところではパンの耳かじって、でもひもじいなんて思わなかったし、二人でおしゃれして出かけるのはすごくなんていうか晴れがましい感じで、見られてるなあって思うとぞくっとするほどうれしかったですぅ」

きいが焼き鳥の串《くし》を振り回しながら熱弁をふるうと、またしても全員が深くうなずい

ていた。

＊

目が覚めたとき、もう外は明るかった。水色のカーテンに陽射しが透《す》けて見える。あたしはゆっくりと起き上がり、ズキズキする頭を片手で支えてソファに座りなおした。カーテンの下のベッドにシャーリーが寝ている。昨夜、二次会が終わったあと、もう電車もないし泊まりにおいでよと言われて、あたしはシャーリーとタクシーに乗ったのだった。「あのお」と言いながら肩を揺すると、シャーリーはガバリと身を起こし「いま何時？」と聞いた。昨日の格好のままのあたしと違って、シャーリーは部屋着に着替えていた。「七時」とあたしが答えると、シャーリーは「七時かあ」と言いながらゆっくり立ち上がり、キッチンの冷蔵庫からペットボトルの水を二本出してきて、一本をあたしに渡した。

「すみません、ありがと」

あたしは冷たい水をごくごく飲んだ。シャーリーはまず暖房のスイッチを入れ、水を飲みながらタンスの上に置いてあった化粧落としの美容液シートのパックをあたしの前の小さなテーブルに置き、「化粧落としたほうがいいよ」と言った。あたしがメイクを落としながら「会社行かないの？」とたずねると、シャーリーは「そうねえ。かなり休みたい気分」と顔をしかめた。

「とりあえず先にシャワー浴びてきます」

シャーリーはそう言うと洗面所に消えた。

あたしはソファに腰かけていつの間にかまた眠っていたらしい。目を開けるとシャーリーがバスローブを着たままタオルで髪の水気をふき取っていたので、「会社行かないの？」とまた聞いた。

「うん、休む」

シャーリーの濃いピンクのバスローブはハートのポケットがついていてとてもかわいい。

「かわいいバスローブ」とほめたら、シャーリーは「ありがとう」とほんとにうれしそうな顔をした。

「シャーリーさんってなんかおしゃれ。昨日だってチャコールグレーでシャープにキメてたし。サロンの部屋とすごくしっくりきてた」

あたしがそう言うとシャーリーは本気で照れて「あたし、ほんとはファッション大好き人間なのよ」と秘密を話すみたいに言った。

「BHKの事務所はね、コンランショップの家具で統一されてるのよ」

「やっぱり。ブランドものの匂いがしたもの。あの掛け時計、雑誌で見たことある」

「あのパイプ椅子もイームズシェルチェアっていう有名なコンランショップのオリジナルなんだって」

「へえ。なんかスイーツとかもこじゃれてましたよね」

「そのうちもっとかわいいケーキとか芸術品みたいな和菓子が出るわよ。みんな話題のお店のものばっかり」

「あ、友達がこの前、羊かん出してもらってた」

「それは虎屋の『夜の梅』。お茶は森半。村上モリモリってそういうのにこだわるのよね。モリモリだけじゃなくって、あそこの事務所ってみんなブランド好きよ」

「わかる。あの紅茶いれてた若い人、ヴァン クリーフのネックレスしてた」

「そうそう。オニキスのアルハンブラでしょ。あれで三十万だもんね。洋服だって黒ずくめって言ったって、プラダにセリーヌ、ヴィトンにロエベ。よーく気をつけて見たら、まるでファッションカタログよ」

「給料いいのかな」

「みんな元会員なんだって。断貧に成功して会を辞めた元会員のことを『会友』っていうんだけど、金持ち多いらしいよ。会友も自分たちのサロンを持ってて、BHKを運営するための寄付金《きふ》を集めたり、貧乏神情報を交換しあったりして、被害者救済に貢献してるんだって」

「金持ち会友のサロンかあ。逆に貧乏神に狙《ねら》われそうじゃない？」

「言える」

あたしらはくっくっと笑いあった。

シャーリーは、タンスの上からスケッチブックみたいなノートを出してくると、あたしに見せてくれた。

「わあ、これ、切り抜き？」

「そう。雑誌のね、気に入った服を切り抜いてコレクションしてるの。コーデとかも見ながら考えたりして、楽しいんだ」

「買ったりしないの？」

「うん。切り抜き集めてるだけで楽しいもの」スケッチブックをめくるあたしの手元を見ながらシャーリーはそう言った。

「でも全部着こなす自信あるんだ」

「じゃあ着ればいいのに」

あたしが能天気な声を出すと、シャーリーは暗い顔で、「浮くのが嫌なの」と小さな声で言った。

「彼ね、あたしがこうして切り抜いた写真を見ながらこれにこれ合わせて靴はこれでバッグはこれで、とかって言うとね、すごく普通に、じゃ買いに行こう、って言った。最初はとまどったけど、そうか買えば着られるんだって思ってね、買いに行ったわよ二人で。そう高くもないけどちょっと見所のあるデザインのパンツにすごく安いシンプルなトップスとか合わせて、『どう?』って聞くと彼、感心して『全然安物に見えない、すごいね』ってほめてくれたの。彼と一緒だと浮いてるとか浮いてないとか全然気にしないでいられた。このスケッチブックの切り抜きみたいにあちこちの店まわって一点ずつ吟味《ぎんみ》して買い集めて、ものすごく考えてスタイリングして、そして自分で着たの。どこからどう見てもおしゃれピープルだった。あたしはファッション雑誌なんかよりずっと意外な組み合わせを考えられたし、ファストファッションの安いアイテムだってほんとに上手に使いこなせてたと思う。あたしはね、ほかに何のとりえもないけど、こと服に関しては見る目があったのよ。ただね、貧乏神に会うまでは浮くのが嫌でその力を実際に発揮することはなかった。要するに臆病者《おくびょうもの》だったのよあたしは」

「貧乏神に会って変わったんだ」

そう言いながらあたしは、何かが胸にひっかかった気がした。

「そうね。それであたしはすごくしあわせだったんだけど、またたく間にお金が足りなくなったってわけ。結局別れたあとは元の臆病者に戻っちゃった。みんなと同じような格好しかできない女よ」

「つまり、貧乏神がシャーリーさんの実力を引き出したってことか」とあたしがつぶやくと、シャーリーは「エエーッ？」と言って笑った。

＊

それからもあたしはすっかりさえちゃんに頼り切って毎日を過ごしていた。シュウくんにお金を渡したらもうお金をつくる気力もなく、借金返済のメドはまったく立たなかった。それになんだかさえちゃんちの生活はラクだった。駅までは遠いし、商店街にはさえちゃんちの薬屋とハジメんちのタバコ屋、あとは昔っからある美容院だけしか残ってなくて買い物することもできないからお金も使わない。毎日同じ服を着ていてもみんながそうなので全然気にならない。口うるさいけどスーパー主婦のハナコさんが掃除も洗濯も炊事《すいじ》もみんなやってくれる。あたしは出かけない日はもう髪をカールするのをやめてしまって、自分が「さえこ化」しているのを自覚するとヤバいと思ったけど、それをヤバいと言ってくれる人はいなかった。

さえちゃんはしょっちゅう隣のハジメのところへ行くし、隣のハジメもしょっちゅうさえちゃんちに来る。幼なじみっていうのは気心が知れているから全然構《かま》えなくてもいい分これまたラクだった。店が終わっておばあちゃんの部屋でみんなでしゃべるのはウザいようでほっとする。

二度目の断貧サロンでシュウくんのオーディションがうそくさいと判明し、あたしはけっこう落ち込んでいた。それをさえちゃんに話してみたけど、「なんで別れないの、ねえ、セックスってそんなに気持ちいいの?」と聞かれ、あたしは絶句した。おばあちゃんとアレハンドロの前でなんてこと言うんだ。まったく処女め。

「そうじゃなくって、愛し合ってるから別れないんだよ」とあたしが主張すると、「そんなこと言ってるけど結局はイケメンだから手放したくないだけなんじゃないの?」とさえちゃんに言い返された。

そこへハジメが「どうしましたあ?」と断りもなく入ってくる。さえちゃんに状況を説明されると「それは悲しい恋愛ですねえ」とハジメは持ってきたサッポロポテトバーべQあじの袋を開け手を突っ込みながら言った。「なんでよ」とあたしが言い返すと「だって未来がないじゃないの」とハジメは答えた。唇にサッポロポテトのかけらがくっついている。気持ち悪いデブのオタクそのもののくせして、なんてことをぬかすんだとあたしは思った。

「いったい将来どうするつもりなのさ。そのシュウってヤツ、仕事もしないでエリカみたいなかわいい女とつきあってるなんて、オレからすればカミだよ。相当なワルなんじゃないの？　うらやましいね」

ハジメはパツパツのジャージの腕をさする。それが癖《くせ》なのだ。

「でもよ、考えようによってはお金目当てでお金持ちとつきあおうとするよりは、貢ぐほうがずっと純粋な感じがしないこともない」とさえちゃんが援護してくれた。

「だよねえ」とあたしが勢いづくと、「金目当てよりカラダ目当てのほうがエラいってわけ？」とハジメが聞くので、意味わかんないとあたしは無視してやった。

「でもさ、エリちゃんはものすごくムリしてると思う。シュウくんの前でかわいこぶって声まで変えて、だいたい三十にもなってキャバクラで働かなくちゃいけないなんてやっぱり問題あるよ」

さえちゃんに言われても、あたしはちゃんちゃらおかしくて「さえちゃんに男の何がわかるのよ、だいたい男とつきあったことあるの？　ないんでしょ。恋愛に必要なのは演技力なのよ」と言い切ってやった。

「演技力かあ。それが女のこわいところだよなあ。一郎兄ちゃんも言ってた。ハナコのやつ控《ひか》えめでおとなしい女の子だったのに、嫁になったとたん豹変したって。同じ女とは思えないんだって」

ハジメが笑っているところへハナコさんがお茶を持って入ってきたので、「ハナコさんって結婚する前、おとなしくて控えめな女の子だったんですか？」とあたしは思わず聞いてしまった。するとハナコさんは「そうよ。一郎さんはそういう女の子が好きなんだもの。サービスよ」と、きちっきちっと湯呑をこたつの上にきれいに並べる。

「でも結婚したとたんに豹変するんじゃ、サギなんじゃないの？」とさえちゃんが遠慮がちに言うと、「さえこちゃんはそんなこと言ってるからダメなのよ。あのねえ、恋人と妻じゃあ全然存在理由が違うんだから、それはもう別人格。変わるのが常識でしょ。それで子供産んだらまた変わるの。今度は母親。これまた別人格」とハナコさんは自信たっぷりに答える。あたしは感心してへえって感じになってしまった。うつむいてうたた寝していると思ってたのに、おばあちゃんはそれを聞いてげらげら笑っている。

「だいたいいまだって他人様の前に出れば、ちゃんと一歩下がって一郎さんを立てて控えめにしてるもの」とハナコさんが言うのであたしらはまたびっくりした。「オレやっぱ女ってこわいわ」とハジメは首をふり、「シュウってさ、エリカがほんとはどういう女かわかってるのかな」と聞き捨てならないことを言った。

「ほんとはどういう女ってどういう意味よ」とあたしがちょっとムッとすると、

「ほら、そういう感じ。上から目線で強気でわがままで気が短くて働くのは嫌いなのに金遣いが荒い女」とハジメはまた腕をさすりながらさらっと流す。

「ほんと、わかってるのかなあシュウくん」とさえちゃんも同意する。

「いやいやいやいやいや、あたしそんな女じゃないから」とあたしがマジで否定したら、おばあちゃんがニヤニヤし、ハナコさんまでくっくっと笑いながら「早くお風呂入んなさいよ」と出ていった。

「なに、それじゃあまるであたしがシュウくんのことだましてるみたいじゃん」とあたしがむくれると、「いや、だましてるとは言ってない。ムリしてるって言ったの。だってエリちゃんらしくないんだもん」とさえちゃんはフォローになってないフォローをする。

「問題はそこじゃないね。そこまでしてつきあって、それでどうなるっていうのって話じゃん。オレらのタメのノリコとアサハラ知ってる？　高校卒業と同時に結婚して三人の子持ち。一番上の子、小三だぜ。ちゃんと実りある結果残してるだろ」とハジメはサッポロポテトをつまむ。

「いやいやいやいや、そういう問題じゃなくて、その前の愛し愛されってとこが問題なんだから」とあたしは話をもとに戻そうとする。

「愛っていうのがさあ、いまいちよくわかんないんだけど、シュウくんがカッコいいってことはつきあう理由のうちどのくらいの割合をしめてるの？」

さえちゃんはまた地元のおばちゃんぽくなっている。

「どのくらいの割合って、カッコいいことはシュウくんの最大の特長だもん。ふつうの男よりプラス五十点って感じ？」とあたしは答えながら、もしもシュウくんがあんなにカッコよくなかったら、あたしはどうしただろうって思った。つきあってないだろうなあ。じゃあプラス五十点どころかプラス八十点かもしれない。

「つまりそのプラス五十点のカッコいい男が、自分のほうを向いているってことが大事なんだ。それじゃあまるでカレシが持ち物みたいじゃん。それもブランドもの」とさえちゃんが思いがけないことを言い出し、「つまりエリカはカッコいい男とつきあえてるだけで満足で、結婚して子供産んで家買ってとか全然考えてない。つまりつまり、恋愛と結婚は別物だって思ってるんだ」とハジメは妙な分析をした。また同じ話に戻ってる。

「そんなことないよお。愛してるから結婚もしたいし子供も産みたい。だからシュウくんがオーディションに受かるまでのいまは準備期間なの」

あたしはちょっと必死っぽく言い返しながらもなんだかそわそわしてきた。あたしがまちがってるの？　そうじゃないよね。みんなシュウくんがどんなにステキな人か知らないからそんなこと言うんだ。シュウくんにめぐり会えたことはあたしにとっては奇跡みたいなものなのに。あたしがシュウくんといたらどんなに幸せになれるか知らないくせに。あたしは絶対にシュウくんと結婚したい。でも三十にもなってるっていうのにそんな高校生が言うようなことを口にするのがくやしくて黙っていたら、涙が出そうになってきた。さえちゃんがそれに気づいて気まずそうにハジメの顔を見る。ハジメもサッポロポテトを食べるのをやめる。

「人のカレシのこと貧乏神だなんて言うけど、おじちゃんやおばちゃんにしてみれば、さえちゃんやハジメだって家に居ついてる貧乏神みたいなもんじゃないよお」

あたしは悔しさのあまりひどいことを言ってしまった。さすがにさえちゃんもハジメも黙った。三十でたいした稼ぎもなく実家暮らしをしてる二人には言い返す言葉もないのだろう。

するとおばあちゃんが「貧乏神なもんかい。嫁入り前の娘が実家で暮らすのはあたりまえさ」と口を出した。聞こえていたんだ。

「でもおばあちゃん、私もう三十だよ」とさえちゃんがちょっとすまなそうにする。

「それがどうした。男と女っていうのは時限爆弾。時がくれば磁石《じしゃく》みたいにピタッとくっつくようにできてるのさ」

なんかすごい名言だ。おばあちゃん、深いわあ、とあたしは涙が出そうだったのも忘れて感心してしまった。さえちゃんとハジメはなんとなく気まずそうだった。

＊

アレハンドロに連絡が来るとあたしは東京に出てゆすりスレスレのちょっとヤバいバイトをしてお金をつくり、シュウくんに渡していた。シュウくんは早く一緒に暮らしたいねと言ってくれるけど、お金を渡すとそそくさと一人で行ってしまう。あたしは借金をなんとかしなくちゃと思いながらにっちもさっちも行かなくて、さえちゃんの言うように地元で働こうかと思ったりする。

この前の断貧サロンから一週間後、あたしははじめて断貧レッスンに参加した。

その日の講師は村上モリモリだった。

「二度と貧乏神にとりつかれないために、本日はチャルディーニ博士の『影響力の武器』という本を元に、少しお勉強をしていただきたいと思います」

モリモリはまっすぐあたしを見つめて笑いかけた。今日はサロンのときとは違い、ホワイトボードが置かれ、椅子はみんなそちらを向いている。メンバーはサロンと同じだった。

「チャルディーニ博士は、自分が断るのがヘタな人間だということに長年悩んでいました。とくにそうしたいと望んでいるわけでもないのに、いつのまにかイエスと答えていたり、本当に欲しいわけでもないものを買わされてしまったりするのです。みなさんも覚えがあると思います。そこで博士はみずからセールスマンの研修などに潜り込んだり、学生や通行人を使って実験を重ね、人にイエスと言わせるテクニックを研究したのです。そしてそのテクニックは大きく分けて六つに分類できると考えました。

さてここで一つの例を挙げ《あ》てみましょう。きいさんと貧乏神の出会いの状況を教えてください」

モリモリに質問されて、きいが話し始めた。

「出会いは渋谷です。渋谷の道端で買い物袋が破れて困っているとき、ある男性に声をかけられました。袋が破れたと説明すると、彼は近くのショップからショッピングバッグをもらってきてくれて、私はすごく助かっちゃって。お礼を言うと、彼がお茶でもって私を誘ったんです。彼はとてもハンサムだったし、嫌な感じは全然しなかったので、私はお礼に自分がおごると言って、一緒に近くのカフェでお茶しました」

あたしは青ざめていた。シュウくんとの出会いとほぼ同じ状況だったからだ。

「ここまでで貧乏神が使っている影響力の武器は二つあります。一つは『返報性《へんぽうせい》のルール』」

村上モリモリはそう言いながらホワイトボードに「返報性のルール」と書いた。

「人は何かをしてもらったら何かお返しをしなくちゃいけないという気持ちになるでしょ？　そう教育されてきたからです。その習性を利用して、貧乏神は最初に小さな親切をきいさんにほどこして、それにお返しをするように迫ったわけです。要求を出す前に小さな恩を着せるというやり方です」

そう言うとモリモリはホワイトボードに「好意」と書く。

「好意。なつかしい言葉でしょ？　不思議なことに多くの人間は、ハンサムな男や美しい女に対して好意を抱くということが実証されています。ハンサムだったからきいさんは彼に好意を抱いた。好意を抱いている相手に対して人はイエスと言いがちです。お茶に誘われたら断りにくい。貧乏神はそのことをちゃんと知っていたのです」

思わず「こわーい」とあたしはつぶやく。「そう。貧乏神は恐るべき強敵なのです」とモリモリはホワイトボードを叩いた。

「美人やハンサムだけでなく、人は自分と似た人、お世辞《せじ》を言ってくれる人、接触を繰り返して親近感を持った相手、自分にとってよいことと結びつきのある人に対しても好意を抱きます。好意を抱くのは悪いことではありません。ただそれを利用してあなたに望まぬイエスを言わせようとする者がいることを忘れないように」

一同うなずく。

「それにしても、いっこうに仕事に就《つ》こうとしない頼りない男に、みなさんはなぜ借金をしてまでいい服を買ってあげたりおいしいものを食べさせてあげたりし続けたのでしょう？　シャーリーさん、いかがですか？」

質問されたシャーリーは「つまりそれは、それが二人にとっていいことだと思っていたからじゃないでしょうか」と答えた。

「なるほど。いいことだと思っていた。いまはどうですか？　やはりそう思いますか？」

「いいえ、思いません。ただ彼とつきあっていたときは、それが自然だったんです。だって愛し合ってたんだもの」

シャーリーが少しすまなそうな顔で言ったので、モリモリは「わかりました。しかし考えてみてください。みなさんは貧乏神に抱かれて熱くとろけるような夜を過ごしたあとで、こんなに強く自分を抱いてくれた彼にお返しをしなくては、という気持ちになったんじゃありませんか?」と少しいじわるく聞いた。みんなは黙っている。

「ここでも『返報性のルール』が効いているのです。そしてこれが加わります」

モリモリはそう言うと今度は「コミットメントと一貫性」とホワイトボードに書いた。

「聞き慣れない言葉でしょう。これは人が何かに対してある立場をとったりなんらかの決意をした場合、その後、一貫した態度をとるように外からも内からも圧力がかかるということです。貧乏神と寝て、愛されていると感じ、自分も愛のためならなんでもやろうと決める。彼の仕事が決まるまで自分ががんばって食べさせ、いい服を着せてあげる。そうしていろんなことをしてあげると彼が喜ぶので、みなさんはそれが正しいことだと信じてしまい、そして一貫性を持たせるためにそういった暮らしを続けていくことになったのです」

「そう言われればそうだけれど」とシャーリーは助けを求めるように後ろを振り向いた。

「好きな人のためにがんばろうって決めて、それをやり続けることの何がいけないんですか?」まりえが少しヒステリックな口調で言う。

「悪くはありません。相手が悪いのです」とモリモリはそれに答えた。

「みなさんは相手が貧乏神だと知ってからでさえ、その一貫性を保とうとしましたね。そこには更《さら》なる影響力の武器『希少性』が行使されています」

　モリモリはホワイトボードに「希少性」という言葉を書き加えた。

「希少性。つまりめったに手に入らないもののことです。人は手に入りにくくなればなるほどそれが欲しくなるのです。争奪戦になると見境がなくなるほどです。あるいはダメだと言われているもの、手に入れてはいけないものに対しても情熱を燃やします。貧乏神との恋を禁断の恋と周囲に反対されて、みなさんはさらに燃えたんじゃないでしょうか」

　あたしはちょっとムッとした。禁断の恋だなんて言ってるのはあんただけじゃない。まりえも何か言いたそうにしていたが、実際には誰も口をきかなかった。モリモリはホワイトボードに「社会的証明の原理」と「権威」と書き加えた。

「あと二つの力は、他人の考えに影響されて自分の考えを決めるという『社会的証明の原理』と、『権威』です。人は権威に弱い。肩書きを前にするとなかなかノーと言えません。それにいい車に乗っていたり、すごい宝石を身につけていたりすると、それを権威と感じて信用してしまうものです。セールスマンや詐欺師はみんなこの六つの力を心得ていて、人をたくみにだますのです」

今夜モリモリの言ったことはみんな初めて聞くことばかりだった。どうして誰もあたしにこういうことを教えてくれなかったんだろう、とあたしはつくづく思った。もし知っていたら、あたしはシュウくんを好きにならなかったかもしれない。

「貧乏神はみなさんの性欲につけこみ、いまお話しした六つの影響力の武器をたくみに組み合わせ、お金を吸い上げるシステムを二人の間に作り上げました。いったんそれができてしまうと、みなさんは考えることをしなくなりました。自分で考えて行動しているように見えても実は貧乏神の考えに従って行動していた。つまりみなさんはマインドコントロールされていたのです。

そのマインドコントロールが解けてしまった人もいれば、まだ解けかけている途中の人もいます。どちらにしてもマインドコントロールが解けたあとも、その人の性格や嗜好が変わるわけではありません。貧乏神と出会う前のあなたに戻るだけなのです。かわいいけれど友達がおらず愛のためなら貧乏もいとわないお人好し。いいですか、そのことを決して忘れないように。貧乏神に選ばれたことは勲章《くんしょう》ではないのです」

モリモリの言葉はずっしりと重かった。

＊

その夜の二次会ではあたしら全員がヤケになって飲んだくれた。

「なんだかんだ言って、モリモリは貧乏神を悪者にしたがるけど、それってどうなんですかあ、ってゆーか、マインドコントロールされた私たちをバカにしてません？　とくに私たちがバカだったたってわけじゃないじゃないですかあ。私たち被害者ですよねえ」

きいはやたら箸を振り回しながら言う。

「そうよ。私たちは被害者の会に入ってるんだから、立派な被害者。そして貧乏神が加害者なのよ。でも、私も別れて七ヶ月以上経ったいまでこそずいぶんひどいヤツだったなあって思えるときもあるけどさあ、おおむね貧乏神の印象は悪くないわけなのよ」

かおるこはちびちび冷酒を飲み、何度も髪をかき上げながらそう言った。

「やさしくて、毎日ほめてくれるし、励ましてくれるし、なんていうか彼、私はちゃんと認められてるっていう実感を抱かせてくれたのよね」

「かおるこさんの言うとおり。ほめてくれる男なんていないわ、いまどき。どっちかっていうとほめられたい男ばっかりじゃないの」とシャーリーが言うと、「お願いだから、誰か貧乏神のことをこきおろしてよ」とまりえがちょっと大きな声を出したので、あたしらは黙ってしまった。でもあたしもまりえと同じことを思っていたんだ。

「たぶん私は、貧乏神に出会う前はぜんぜん自分に自信がなかった。ただのそこそこまじめな大学生で、人の言うことにいちいち振り回されて、誰かがこれがいいって言うとそれに従って、また別の人がこっちがいいって言うとそれを選んで、そういう頼りない人間だったんです。でも限られた収入で貧乏神を満足させるような生活をするには、それじゃあダメで、貧乏神のために私なりにがんばったんですよ。抱かれるたびにすごく愛されてるって思えて、それが自信になって、そうすると、ものを見る目だって自信が出てきて、なんていうかなんのポリシーもなかった自分がまるでウソに思えるくらい強い人間になれた。まるで自分じゃないみたいにガンガン毎日前進してて、それは私の考えじゃなくて、貧乏神の考えだったたって言うんですか？」とまりえはマジな感じで聞いたけど、誰も答えなかった。

「考え方かどうかわからないけど、影響は受けてたんじゃないかな。私はね、すごくファッション好きで、でもまわりから浮くのが嫌で、みんなと同じような流行りの服しか着られなかったんだけど、貧乏神がね、好きな服を買ってじゃんじゃん着ればいいって言ってくれて、その言葉に勇気づけられて、レベルの高いハイファッションを着て出歩くことができるようになったんだ。いまは元どおり、ちょっとおしゃれってレベルに逆戻りしちゃったけど、彼と一緒にいたときは、正真正銘《しょうしんしょうめい》ファッショナブルな女だった」とシャーリーはしみじみとした口調で言った。

かおるこがまた髪をかき上げながら冷酒を飲み干し、「そういえば、私もね、まるで自分じゃないみたいにヤツを信じてたんだよね、不思議なことに。私はものすごく疑り深い人間だったのよ。人の言動をいやらしいくらい深読みしちゃってさ、どいつもこいつも信用してなかったの。それがどういうわけか、彼を、彼どころかほかの誰のこともぜんぜん疑おうなんて気にもならなかったな。そのことだけをとってみれば、たしかに私はどうにかなっちゃってたのよ。でもね、そのときの自分はね、すごくいい自分だったって気がするの」と言った。

「それってなんかわかりますぅ。私もめっちゃ嫉妬《しっと》深い女だったのに、どんな女も許せちゃったんですよ。私もヘンだけどいい自分でした」きいが同意した。あたしも働くのが嫌いなはずなのに、一生懸命働いてる。それはたしかにシュウくんのせいだ。貧乏神は女を変えてしまうのだろうか。

「それに私の貧乏神はね、物知りで私にいろんなことを教えてくれた」かおるこが話を継ぐ。

「たとえばね、テレビでアフリカの貧しい村のニュースをやってるときにね、私がついかわいそうって言ったら、世界中の人がアメリカ人くらいの生活水準で暮らそうと思ったら地球はあと二つ必要なんだって彼、言ったのよ」

「え、どういうことですか?」とあたしはかおるこに聞く。

「人間っていうのはね、生きていくのに食べ物や水や住む場所やいろんな道具を必要とするでしょ。そういうものたちを持続的に供給するためには土地が必要じゃない。貧しい暮らしが必要とする土地は、豊かな暮らしが必要とする土地に比べて狭いわけよ。だからいまはなんとか地球の表面積でまかなえている。でも、いま、貧しい人々の暮らしがアメリカ人並みに豊かになると、それを支える土地の合計は地球一個分じゃ足りなくて、もう二つ地球がいりますよってことなのよ。そう貧乏神は教えてくれた」

「あたしが聞いたのはね、ティースプーン一杯の良い土の中には五十億のバクテリアと二千万の菌類と百万の原始生物がいるっていう話」とシャーリーがちょっとまわらない舌で言った。

「よくわかんない」あたしが正直に感想を述べると、「土の中には想像もできないくらいいろんな生き物が暮らしてるってことよ。ミミズにアリにクモ、ヤスデにムカデにハエの幼虫、ナメクジ、ダンゴムシ、ノミにダニ、細菌にバクテリア。そういうのがうーようよいるの」とシャーリーは答える。

「キモい」

「キモいでしょ。でもこの話のキモはね、ティースプーン一杯、五十億、二千万、百万。つまり具体的な数字なの」とシャーリーが説明する。

「貧乏神はね、データに強いってことよ。これはね、あるレストランで有機野菜のサラダを食べながら有機農法について話していたときに出たデータでね、もともと土っていうのはそれほど豊かなものなのに、まちがった耕法や農薬の使用なんかで、その豊かな土がどんどん流れてなくなっちゃったって話。それはとっても大問題だって彼は熱く語るわけ」

シャーリーは貧乏神の話をしているとだんだん元気になってくる。あたしはシュウくんとの会話を思い出した。

「あたしもお寿司《すし》屋さんでトロを食べているとき、シュウくんに言われた。日本人は世界でとれるマグロの二割を消費してるんだって。しかも一番高級なクロマグロの八割は日本人が食べていて、このままとり続けてたら天然のクロマグロはあと二十年で絶滅しちゃうかもしれないんだぞって。ほんとなのかなあ」

「ね、データに強いでしょ、貧乏神」とシャーリーが言う。「しかも何気に話す内容がエコ関係だもんね」とかおるこが分析すると、まりえが「たしかに。私もレストランでもう食べられなーいって言ったとたん、日本の残飯の話されました。日本は食糧の七割を輸入に頼っているのに、その三分の一を捨ててるんですって。日本が捨てている食料品は年間二千万トンで発展途上国の五千万人が一年間食べられる量なんだよって。さすが貧乏神っていうか、なんか貧乏入ると話に熱がこもるっていうか、ちがいますかね」と言う。

「あー、ありますねえ、それぇ。あるとき私がポケットから十円玉二枚出してポンって机の上に置いたんですよぉ。そしたらカレシがその十円玉を指でつつきながら、アフガニスタンの小学校の教科書一冊分って言うんですよぉ。はあ？　って感じじゃないですかぁ。で、ポーッとしてたら、二十円で教科書一冊買えるんだぞアフガニスタンじゃあって言うんです。関係あります？　私に。行ったことないし、アフガニスタン」

きいの話にあたしたちは思わず笑った。

「でもある意味、貧乏神の存在ってエコですよね。だって貧乏になるから、結局ぜいたくもできなくなる。私たちの欲望って際限がないでしょ。誰かが『はいそこまで』って歯止めをかけてくれなかったら、それこそいつか地球を食べつくしちゃいそうだもの」とまりえが思案顔で言う。

「だからぁ、貧乏神を評価し過ぎだっつーの」ときぃが声を張り上げた。「自分だって」とまりえが言うと、きぃは「トイレ行ってきまぁす」と座敷から出ていった。

＊

また二次会が午前様になり、シャーリーのところに泊めてもらったあたしは、断貧レッスンで教わったチャルディーニ博士の『影響力の武器』の話にかなりめげたまま、翌日さえちゃんちに戻った。

きぃと貧乏神の出会いがあたしとシュウくんの出会いとほとんど同じシチュエーションだったこともわかって、あたしはすっかり自信をなくしていた。そのことを一日中考えていて、店番をしていたさえちゃんに報告すると、だからもう別れたほうがいいよとさえちゃんはそれが当然のように言い、お店終わったらおばあちゃんの部屋で話聞くわと店を片づけ始めた。

おばあちゃんの部屋で待っていると、店を閉めたさえちゃんがドーナツを持って入ってきた。すぐにハジメもやってきた。あいかわらずジャージ。それもパツパツ。だらけてぼんやりテレビを見ていたあたしは、ハジメも別れろって言ってるよとさえちゃんにのっけからさっきと同じ言葉を繰り返されムッとした。

「なんでなんでも話すのよ」とあたしが抗議すると、「べつにハジメだけに話しているわけじゃない。家族みんなに話してるもん。あたりまえでしょ」とさえちゃんは口をへの字に曲げた。「何があたりまえなのよ」とあたしが聞くと、「うちに世話になってるんだから、事情は説明しとかなきゃ」とさえちゃんは答え、その言い方がおばちゃんにそっくりなので、あたしはなんだかなあと気が重くなる。この地元じゃプライバシーなんてないも同然だったのを忘れていた。

「貧乏神のナンパの手口がみんな似てるんだってよ、シュウくんも同じパターンでエリちゃんに近づいてきたんだって」とハジメに向かってさえちゃんは話す。「組織的犯罪じゃん」ハジメは少々うれしそうだ。

みんなが事件に飢えているのだ。ネタにされてるのはもはやまちがいない。ああいやだ。地元の人も、なんだかんだ言いながらその人たちに思いっきり世話になっている自分も。くそっ、巻き返してやる。あたしはそう思いながら、「この先、シュウくんよりいい男にめぐり会えるとは思えないもん。だってあたし、もう三十だよ。きっとこれが最後のチャンスにちがいない」と力を込めた。三十になるというのに恋愛にも結婚にも無縁のさえちゃんとハジメへのあてつけのつもりだった。すると、さえちゃんは、

「私が三十になるまで結婚しなかったのはただいい人にめぐり会わなかっただけのことだし」といけしゃあしゃあとぬかす。思わずあたしは、

「笑わせるんじゃないわよ。めぐり会うために何か努力したの？　さえちゃんのは地元の商店街のせまーいテリトリーにこもってめぐり会いを拒否してきた結果でしょ。もっと自分をよく見せるようにがんばらなきゃ。髪型も洋服も化粧も、お金と手間をかけりゃみんな変えることができるんだから。マジでなんとかしなよ。いまのさえちゃんのファッションじゃあアンジェリーナ・ジョリーだって売れ残るって。出会いをナメてるとしか思えない」と言ってしまった。するとさえちゃんは、

「髪をクルクルにしてツケマツゲつけて花柄のワンピース着て東京にいて毎日地下鉄乗ってたって、出会いがないのはエリちゃんだっておんなじじゃない。二十五過ぎて貧乏神につかまって、なにいばってんのよ」と、なんとなく堂々って感じで反撃してきた。日ごとにあたしに対して強気になっていくみたいだ。

「エリちゃん、いつも思ってたんだけどさ、だいたい女が男に出会って子供を産んで育てるだけなのに、なんでそれを愛や恋って言葉でわざわざ飾り立てる必要があるの？　リボンだ花柄だ口紅だカールだって、エリちゃんは飾り過ぎだよ。もっと素のままでいいじゃない。ただの結婚でしょ？　まあ私もハジメもこんなんだから結婚はムリだろう

けど」

　ようやく最後はトーンダウンしたけど、さえちゃんの心のつぶやきっぽい言葉はあたしの胸にぐさりと突《つ》き刺《さ》さる。そこへハナコさんがいつものようにお茶を持って入ってきた。しかたなくハナコさんに「結婚って一大事ですよね」と話しかけると、ハナコさんは「ま、ね」と答えた。その答が少々軽かったので「おばあちゃんはどうやっておじいちゃんと知り合ったの？」とあたしはホコ先をおばあちゃんに向けた。それまでずっと黙っていたおばあちゃんは湯呑を両手で握ったままゆっくり話し出した。

「親同士につきあいがあってね、お互いの息子と娘がいい頃合いだっていうんで引き合わせられて、あっという間に結婚することになったのさ。とくに気に入ったわけじゃないけどとくに嫌だってわけでもなかったしね。そのころは二十歳になったら嫁に行って子供を産んでっていうのがあたりまえの時代だったから、それが悪いことだなんて思いもしなかった。えり好みできるほどの器量でもなかったしね、結婚に大きな期待があったわけでもないし、なにより行き遅れちゃ大変だもの、そっちのプレッシャーのほうが大きかったんだ。わかるかい」

　ここにも愛なしか、とあたしががっかりしていると、「結婚適齢期が遅くなったっていうけどさ、オレらの周りのヤツってガンガン片づいてるよな」とハジメがさらに落ち込ませるようなことを言い出した。

「ノリコとアサハラが十八だろ。ヨコタも後輩のセリちゃんとハタチで結婚したし、ヨーコ先輩もハタチ」

「ジュンちゃんも早かったよねえ」とさえちゃんがつけ加える。

「いじめっコばっかじゃん」とあたしが名前の挙がったヤツらの顔を思い浮かべていると、「大した職についてないんだぜ。アサハラが中古車販売店だろ。ヨコタはスーパー。両方ともヒラ。ヨーコ先輩のダンナはたしか量販店の店員。ジュンちゃんのダンナは国道沿いのラーメン屋だったはず。みんな稼ぎも知れてる。だから実家住まいでさ、いまだに親のスネ半分かじってるけど子供かわいがってて、金はなくてもけっこう幸せそうなんだよな」

ハジメはしみじみした感じで言ってスマホをいじり、アサハラのフェイスブックを見せてくれた。そこには「冬の田んぼでバーベキューしました」という写真が載っている。ダサいと思いながらも「そりゃ愛し合ってるから幸せなんじゃないの」とついあたしが話をまとめようとすると、ハジメはぷっと吹き出して「愛はないと思うよ。性欲ならあるかも知んないけど」と夢も希望もないセリフを吐《は》いた。あたしが不満そうにしているのを見たさえちゃんが「みんなできちゃった婚だもんね」と教えてくれて、ハナコさんが「女のワナにハマったのよ」と笑った。

「ああいやだ。そうやって地元でテキトーな相手とくっついて、一生なんの夢もなく生きていくなんて」とあたしが嘆《なげ》くと、「なんで夢見る必要があるの？　私は人生にドラマなんて期待してないよ」とまたもさえちゃんが反撃に出る。「オレも。長生きしたくねえ」とハジメがとんでもないことを言い出し、「わかるそれ。あたしも」とさえちゃんが同意したのであたしはあ然として、「そんなこと言わないで、結婚で一発逆転狙おうよ。自分を磨いて勝負かけるの」とガラにもなく一生懸命になってしまった。

「なんかエリちゃんの言うこと聞いてると、自分をよく見せるとか高く売るとか、自分をモノみたいに扱ってる気がする。女ってモノなのかな」とさえちゃんがつぶやいた。

「でもさあ、エリカさんのカレシがトップモデルになったら、大逆転だもんねえ」とハナコさんがようやくフォローしてくれる。

「わたしの友達で玉の輿《こし》に乗ったコがいるのよ。母子家庭でね、苦労して大学まできてもう貧乏はイヤなのって言ってね、ひたすら金持ち男子にばっかり接近して、ついに病院の息子とゴールイン。結婚式もすごかったわよ」

そうそう、そういう話が聞きたかったのよ、とあたしは身を乗り出す。

「ゴールインしたのはいいんだけどね、伝え聞く噂ではそのコ、自分の母親とも縁を切ったらしいのよ。それも義理の母親に何かっていうと貧しいおうちで育ったからしかたがないわねってイビられてるからだって話。ダンナも浮気して、そりゃそうよね、そのコだって色仕掛けで落としたんだもの、また誰かに色仕掛けで迫られりゃ落ちるような男なのよ。なんか幸せそうには見えないのよねえ」と急須に三度目のお湯をさした。

するとおばあちゃんがまたゆっくり話し始めた。

「お姫様がなんで王子様を待ってるかわかるかい？　それはお姫様が不幸だからさ。いい服着ていいもの食べてたって幸せにはなれないっていう見本なんだよ。お金持ちっていうのは因果なもんでね、いつでもお金が減っちまうんじゃないかと心配してなきゃならないだろ。ところが心配し始めると福の神にそっぽを向かれるからね。なんてったって福の神はしけた面《つら》が大嫌いなんだから。福の神にそっぽを向かれるとすぐに貧乏神に狙われるってわけさ」

話がどんどんそれていくので、あたしはあわてて「だから愛のない結婚がいけないんでしょ」とあらためて主張した。

「それはどうかな。たとえばね、愛がないっていえばお見合い結婚ってのがあるでしょ。わたしの周りにもいるけど、かえってお見合い結婚の人のほうが幸せにやってる感じがするのよ。だいたい同じくらいの生活レベルの人同士がくっつくからじゃないかしら。

やっぱり恋愛と結婚は別物なのよ」とハナコさんが断定する。

「私も結婚する前に恋愛なんてなくていい。子供ほしいけど、べつに好きな人の子じゃなくていい」

さえちゃんがドッキリ発言をしたので、「何言ってんのよ」とあたしはちょっとあせってしまった。するとハジメが「愛でもなく金でもない結婚ってこのへんにはいくらだってあるよ。てか結婚って、エリカの考えてるよりもっとベタな繁殖行為なんじゃないの？　子供産んで育てて、その子供がまた子供産んで、人類が存続していくわけよ」とデブでオタクのくせに知ったかぶりをする。あたしは耳を疑ったけど、

「そうだねえ。死にぞこないのブタよりぶさいくだったカヨちゃんでさえお嫁に行って子供を三人も産んで、いまじゃあ七人の孫に囲まれて、ついにひ孫までできちゃって、どう考えたってカヨちゃんは愛だの恋だのって柄《がら》じゃあないんだよ顔もね。金にも縁はないしね。たぶんダンナのほうも子作りのときは真っ暗闇で目つぶってたにちがいない。なんだかんだ言って結婚しちゃえばこっちのもんってこと。情っていうのはちゃんと後からついてくるし、血を分けた子には愛情がわくって」とおばあちゃんまでが加勢する。

「結婚はゴールじゃないからね。そこから共同生活が始まって、それが子供を社会の中で育てるのに必要なシステムだからここまで広まったんだと思うな。愛があってもお金

があっても、人と人ってうまくいくとは限らないよ。むしろ愛でもなく金でもなく役割とか生活の中で芽生えた情でつながってる男と女のほうがうまくいったりする。そこが結婚のむずかしいところなのよ」ハナコさんはしみじみした口調になった。

「あたしはいやだ。愛し愛されて仲良く生きるの。それがあたしの結婚なの」

あたしがそう宣言すると、みんなは黙ってしまった。こんなに話が通じないのは初めてだった。学校でもバイト先でもキャバクラでも、いまのいままでずっと女の子の共通の話題といえば「愛」と「恋」だったのに。あたしにはわけがわからなかった。

＊

次の日も朝からおばあちゃんの部屋でだらだらテレビを見て、お昼にカップラーメンを食べていたら、少しは店を手伝いなさいとおばあちゃんに言われた。あたしはさえちゃんと一緒に店に立って、ハナコさんの指示でトイレットペーパーを店先に積んでいるアレハンドロを眺めながら、フェイスブックで次々同級生を検索していった。

ハジメの言ったとおり、さっさと結婚しちゃったコたちは、さっさと二人か三人子供を産んで立派に家庭を築《きず》いていて、子供がどうしたこうしたとウザい記事をアップしていた。女の平均初婚年齢が二十九歳になったってテレビで言ってたけど、そんなのウソじゃんと心の中で舌打ちする。

　ウザいと思いながらもあたしは立派な家庭を築いているコたちのフェイスブックから目が離せなかった。生まれたばかりの赤ちゃん、離乳食の作り方、保育園の入園式、おけいこバッグ、キャラ弁、お誕生日のパーティー、古着の交換会、七五三、入学式、運動会、キャンプ、クリスマス、お正月。そこにはパパがいてママがいて子供たちがいて笑った顔や泣いた顔や怒った顔が堂々とあふれていて、それからそんな楽しいことやうれしいことや悲しいことは笑いや涙だけじゃなく、響き渡る怒鳴《どな》り声や耳をつんざく悲鳴やズルズルの鼻水や鼻が曲がるほど臭いうんちやベタベタまとわりつく汗やどんなに洗っても落ちない泥《どろ》なんかにまみれていて、汚くてぜんぜんおしゃれじゃないし全部がダサダサなのに、なんか勝てないとあたしは思った。シュウくんと結婚して子供を産んだらあたしもこんなふうになるのだろうか。こんなダサい格好してそれを世間に自慢できるようになるんだろうか。そう考えると、シュウくんと結婚したいっていう言葉の意味がまったくリアルに感じられなくて、そのことに自分でもびっくりしてしまった。

　スマホばっかりいじってないで、ちゃんと仕事してよとさえちゃんに言われて我に返り、ぜんぜんお客さんなんて来ないじゃんと言い返したらなんだかホッとして、急に泣きたくなった。もちろんあたしはさえちゃんの前で絶対泣いたりしないけど、あたしがスマホで何を見ていたかを知っていて、でもそのことに触れないさえちゃんの気遣いがありがたくて、でもありがとうなんて言えるはずもなく、そう思っていることすら悟られまいとしている自分のあまりの変わらなさ加減に自分でうんざりした。シュウくんといるときのあたしはこんなんじゃなくて、素直になれて、おかしいときに笑えて悲しいときに泣けて、そう、こんなあまのじゃくじゃなくて、ほんと全然違った。わかってほしいわけじゃないけど、心の中でついそう叫んでいたら、おばちゃんがすごい勢いで飛んできて「たいへん、おばあちゃんが」と大声を出した。

「おばあちゃんがどうしたの?」とさえちゃんが聞くと「アレハンドロのセーターが」と言いながらまた家の中に引っ込んでしまった。あたしらはあわてておばあちゃんの部屋に飛んでいった。そして思わずあっと叫んでしまった。

こたつの上に毛糸の山ができていた。見覚えのある色だ。

「おばあちゃん、これ、アレハンドロのセーターじゃないの?　ほどいちゃったの?なんで」

さえちゃんが聞いてもおばあちゃんは知らん顔をしている。そこへアレハンドロがやって来て、毛糸の山を見ると目を丸くした。

「なんでこんなこと、おばあちゃん、なんで？」とさえちゃんは言い続け、アレハンドロの顔を見て「ごめんねアレハンドロ、大事なセーターだったのに、ほんとごめん」と繰り返した。アレハンドロはじっと毛糸の山を見ていたが、「イッツ　オーケー」と悲しそうな顔で言った。

「なにがオーケーよ。ぜんぜんオーケーじゃないよ。ほんとにごめんなさい」

さえちゃんはずっと謝《あやま》り続けた。

その夜、毛糸の山を残し、スポーツバッグを持ってアレハンドロは出ていった。

＊

一週間経ってもアレハンドロは帰ってこなかった。さえちゃんもハナコさんもハジメでさえ、まるでアレハンドロなんて初めからいなかったかのようにふるまっていたから、居候のあたしには彼の話題を持ち出すことすらできなかった。でもあたしは気になってしかたがなかった。アレハンドロがいなくなってしまったら、いったい誰があたしとシュウくんをつないでくれるんだろう。シュウくんのケータイはまだつながらない。お金の催促がないのはいいことだけど、これっきりになったりしたら嫌だ。

悶々《もんもん》とするうちにさらに一週間が過ぎ、あたしはまた一人でアールさんを訪ねた。

眺めのよいリビングに通されソファに座ると、あたしはアールさんに向かってそう言った。

「別れる決心をしました」

「よく決心したわね」

アールさんはじっとあたしの顔を見る。その声が予想外にやさしくてあたしは緊張《きんちょう》する。

「あなたの借金はわたしが全額キャッシュで用意し、あなたが前借りをしているパンチパンチという店に一括返済しましょう。その代わり、今後はわたしに少しずつ返しなさい」

「はい」

「これからマイクと一緒にパンチパンチに行き、借用書と引き換えにお金を渡し、マイクが借用書を破棄《はき》したら借金はなくなります。そのあとＢＨＫの事務所に行くこと。わかった？」

「わかりました」

あたしがそう返事するとアールさんは「心配しないで。きっと何もかもうまくいく。

貧乏神と別れたことをまちがってなかったたって思える日が来るわ」と、アールさんらしくない笑顔を見せた。

マイクの運転する車でそのあとすぐに上野のパンチパンチまで行って、借金を返済してもらった。それはあっという間に済んだ。マイクとそこで別れると、あたしは地下鉄に乗ってＢＨＫの事務所に向かった。

ＢＨＫの事務所では村上モリモリが待っていた。

「借金完済おめでとうございます。アールさんは金利はお取りにならないでしょう。地道に働いて返していってください」

モリモリの言葉にあたしは黙ってうなずいた。

「貧乏神ときちんと別れられますか？」

あたしはまた黙ってうなずいた。

「新たな借金はできないと思っておいてください。もしお金を借りようとしたらＢＨＫは全力をあげてそれを阻止するでしょう。カードをすべて止めさせていただきました。また新しくカードをつくることもできません。よく考えてみてください。これから先どうやって生活していくのかを。よろしいですね」

モリモリの言葉はあたしのからだの表面をすべって床に落ちていく。これから先どうやって生きていくのか？　あたしはそれを考えないようにしていた。先のことを考えるにはいまの自分について考えなくてはならず、いまの自分について考えるにはこれまでの自分について考えなくてはいけないからだ。なりたかった自分といまの自分の違いは、ま、早い話があたしをどんと落ち込ませるだけで、そういうつらいことは避けるが勝ち。そう思わないとやっていけないところまであたしは追い詰められていた。

ＢＨＫの事務所を出るとあたしは久しぶりに自分のアパートに帰った。

シュウくんのケータイに電話したら、やっぱり留守番電話につながった。

「エリカだよ。借金なんとかなったからアパートに戻っています。会いたいので早く帰ってきてください」

伝言を残すと何もすることがなくなった。別れられるわけないじゃない。声に出してそう言うと、なんだかおかしくってあたしは笑ってしまった。

＊

あたしはまたパンチパンチに戻っていた。割のいいバイトもこなした。シュウくんとの関係を取り戻すことができたのだ。

だけど一生懸命働いているのにあたしらの暮らしはカツカツだった。カードも使えず借金もできないのは、予想以上につらかった。

「シュウくん、まだオーディションどこも受からないの？」とあたしはつい聞いてしまう。するとシュウくんは「全世界の人口の三分の一は失業中なんだよ」と答える。貧乏神はデータに強い、と言ったシャーリーの声を思い出す。やっぱりシュウくんは貧乏神なのかもね。

そんなことを思っていると必ずシュウくんはあたしを抱きしめ、キスをしてすばやく服を脱がせ、ていねいにあたしのからだを愛撫した。シュウくんの指先からどんな魔法が流れ出すのか、閉じたまぶたの裏側にまばゆい光があふれてあたしは何も考えられなくなる。あたしのすべての感覚はシュウくんから注ぎ込まれる強い力に圧倒されてその力の支配下におかれ、おまけにそれを喜んでしまう。それはごほうびだった。あたしがいくらバカでもわかる、あまりにも単純なしくみだった。

気は進まないけど断貧サロンに行かないままでいるのは不安だったから、あたしは言われていた予定の日にＢＨＫの事務所に出向いた。サロンに集まったかおることシャーリー、まりえときいの顔を見るとあたしはやっぱりホッとした。

サロンが始まると、司会の女が「さえこさんから何か発表はありますか？」と聞いてきた。あたしは少し迷ったが、「ありません」と答え、ほかの人は小さなため息をついた。

「今日はみなさんに価値観について話していただきたいと思います。おそらくみなさんは貧乏神からゆがんだ価値観を押しつけられていたのではないでしょうか？　彼らの価値観を知ることは彼らの弱点を知ることにつながり、ＢＨＫにとってはたいへん有益なのです」

「ちょっと待ってください。私たちは貧乏神にゆがんだ価値観なんて押しつけられてません。だいたいＢＨＫって大げさすぎると思うんです。貧乏神なんてたいした神様じゃないですよ。そんなに敵対視しなくたって」

かおるこが司会の女に向かって初めて反論すると、ほかのみんなもお互いの表情を気にしながらうなずいていた。

「いいえ。あなたがたは貴重な人生の一部を貧乏神に切り取られたのです。たとえばきいさんやまりえさんにとって、二十歳前後のかけがえのない美しい日々を、貧乏神が生き延びるために利用したのだとしたらどうですか？　許せないでしょ？　それともまだ貧乏神の味方をするのですか？」

女がそう言うとみんなは黙ってしまった。

「いいですか。持っていたものすべてを投げ出して、その上借金まで背負って、それでもみなさんが貧乏神のことを悪く言わないのにはれっきとした理由があるのです。村上事務局長からお聞きになった方もいらっしゃると思いますが、貧乏神の被害者にはいくつかの共通点があります。被害者の方々は、かわいいか美人、純真で男性経験にどちらかといえば恵まれず協調性に欠け世間から孤立していて」

ここまで言うと司会の女は少し声を落とし「子供が嫌い」と言った。

「子供が嫌い？」

あたしは思わず声に出してしまった。

「そうです。子供が嫌い」

「いやいやいやいや、あたしべつに子供嫌いじゃないし」

「いいえ、さえこさん、あなたは子供が嫌いなはずです」

「なんで？」

「なんでって、子供、ほしいですか？」

あたしが答につまると司会の女は「いりませんよね。邪魔なだけだし、貧乏神にそれが正しいと思わされていたんですよ」と断言された。

「あのお、それってマジで被害者の共通点なんですかぁ？」ときいが聞く。

「そうです。貧乏神とベストマッチングのキャラクターです」

「私、そんなふうに分析されるの嫌です」とまりえが言うと、みんな口々にそうだよと言い出した。

「たしかに私は子供嫌いだけど、それが悪いことなの？」とかおるこが聞くと、司会の女は「子供を持つか持たないかは価値観の差の出る選択と言えるでしょう。単純にお金に換算できる問題ではありませんから」と答えた。

「よくわかんないけど、子供っていうのはすごく未来に関係してるじゃないですかぁ。だから私には考えづらいってゆーか。はっきり言って明日のことも心配なくらいで、いまでさえそうなんで、カレシとつきあってたときはもっと貧乏だったから、子供なんてとんでもない、ってゆーか結婚の話も出なかったし」ときいが話を広げる。

「あたしは結婚したかった」とシャーリーが言い、自分もそうだ、とあたしは思った。

「でも乗ってきませんでしたよね、そういう話」とまりえが残念そうに言い、かおるこが「あたりまえか」と笑った。

「正直、貧乏神が何を大事に思ってたか、よくわかんないんですよね。貧乏くさいって言われないためにいい服買って、外で食べるならいい店でっていうリクエスト以外は質素だし。貧乏慣れしてるっていうか、狭い部屋でも平気だし、部屋の中じゃあ私のティーシャツ着てたり」とまりえが言う。

「言えてるわね。いい服買ってあげたからって、着はするけどそれをとくに大事にするわけでもなく、いつの間にかどこかへやっちゃってるし、あれ、売っぱらってるのかしら?」かおるこが不思議そうに言った。

「あたしのカレシは、安物着せて外出すると具合悪くなる」とあたしが言うと、「あたしの貧乏神もなんだかんだ言って安物を嫌ってたな。あたしが百円ショップでいろんなものを買ってきて机の上に並べてたら、こんななくてもどってことのないものいっぱい買ってどうするの、って言われたことある。これ、安物買いの銭《ぜに》失いの典型だよって」とシャーリーが言うと、「ええーっ、私百円ショップ大好きですぅ。ってゆーか、百円ショップなしの生活って考えられない」ときいが答え、「あたしもツケマは絶対百円ショップで買う。いちばんいいもの」とあたしもつけ加えた。

「へえ」とかおるこが感心すると、シャーリーが「百円ショップはもはや日本の文化だよ」とまとめた。すると司会の女が「貧乏がすっかり板についたってわけですか」と言ったので「ひどーい」ときいが言い返した。

「べつに百円ショップで買い物することと貧乏は関係ないでしょ。むしろ賢い消費者ってことを証明する身近なチャンスって感じ」とシャーリー。

「わかりますぅ。なんだかはり切っちゃいますよね、百円ショップ行くと。実力見せたるでえ、みたいな」ときいが言うのを聞いて、あたしはついハナコさんのことを思い出した。賢い消費者かあ。ショーヒシャっていう言葉にあたしはなんだか感動する。百円でも何か買えるってことがあたしには重要なんだ。

「だけど、貧乏神にとりつかれているから貧乏なわけで、貧乏だから百円ショップにも行くわけでしょ？　百円ショップで売ってるのは一流の品物じゃないもの。我慢してるわけよ。って理屈は貧乏神にだってわかってるはず。安物買いの銭失いなんて言い方ないんじゃないかなあ」とかおるこ。「だから賢い消費者じゃダメってことなんじゃないですか？」とシャーリー。「何気に金使えってことですかね」とまりえ。「かおるこさんの貧乏神はどうだったんですか？」とあたしは聞いた。

「え、私の貧乏神？　そうねえ、貯金にはまるで興味はなかったけど、働くことについては肯定的で、でも稼いだ金は使ってしまうのがいいと思ってたんじゃないかな。払いっぷりがいいとすごく喜んだ。いいモノを買えば長く使える。おいしいものを頼めば残さない。そう言ってた」

　かおるこの言葉を司会の女はメモっている。

「やだ、いいヤツじゃないですかあ、かおるこさんの貧乏神」とシャーリーがほめると、

「結局、私たちって貧乏神のこと、悪く言えないんですよね」とまりえがさめた口調で言ったのでまたみんなが黙ってしまった。ごほうびをもらったからだ。あたしはそう思った。

＊

「子供なんていりませんよぉ。これから世の中どんどん生きにくくなっていくじゃないですかぁ。子供がかわいそうですぅ」きいはビールジョッキを手にネトネトした声で言った。

「きいちゃん、そんなこと思ってるの?」とかおるこは冷奴をつつきながら聞いた。

「だってテレビをつければ景気の悪い話ばっかりで、日本って借金まみれなんですよね。しかも返せるアテもないんでしょ。そんなことがわかってて、子供をつくるってことは、借金を返すために産むようなもんじゃないですか。できませんよぉ。自分が生きていくだけでも大変そうなのに」

「そうですよねえ。私も自分が生きていくだけでも自信ない。大学に復学したけど就職できるかどうかもわからないし、就職できたとしても結婚なんて自信ないし、さらに子供育てるとなると、めちゃプレッシャーかかって、できれば避けたいなと」とまりえはしみじみとした口調で言い、「誰かおかわりいります？」と聞いた。シャーリーとあたしは「はい」と手を上げ、まりえは「すみませーん、生三つ」と大声を出した。

「つまり、私たちってとことん貧乏神に都合がいい女ってことですよね。アールさんの話じゃあ貧乏神の情報網はコールセンターにまで張り巡らされていて、カードで何買ってるか筒抜《つつぬ》けらしいですよ。カードの使い方で人間たいていわかっちゃうんだって」

「それ、こわいわねえ。私、カード使いまくってた。深夜のテレビショッピングで」とかおるこが言うと、まりえは「さびしい小金持ち」と答えた。

「何それ？」とかおるこが聞く。

「テレビショッピングでカード使いまくる人は、さびしい小金持ちらしいですよ」

「むふふ。当たってるかも。私、その昔はさびしい小金持ちでした。それもアールさんが言ったの？」

「はい」

まりえは運ばれてきたビールを一口飲み、「アールさんって、なんかビミョーなんですよね」と言った。

「みなさん、アールさんに借金のカタをつけてもらったんですか？」とあたしが質問したら、四人は口々にそうだと答えた。

「さえこさんも借金あるんですかぁ?」ときいが聞くので、あたしはとりあえず「うん」とうなずく。「じゃあきっとアールさんの世話になりますよ」ときいが言うので、あたしは「一応、借りた分はもうアールさんにまとめて返してもらったんだ」とあいまいに説明した。

「えっ、じゃあなんでまだカレシと別れないんですかぁ?」ときいはびっくりしたように言う。「だって好きなんだもん」とあたしが答えると、シャーリーが「そらようござんしたね」と半分笑いながら言った。

「シュウくんってちょっと変わってて、ピンピンの一万円札にさわれないんですよ。カッコ悪いって言うの」

あたしが思い出してくすっと笑うと、みんなは顔を見合わせた。

「なに? なんですか?」とあたしが聞くと、かおるこが「貧乏神はピンピンの一万円札にさわれないのよ」と答えた。あたしが「えっ」と驚いて黙ると、気まずい沈黙が訪れた。

しばらくして「ほかにもあるんですか、貧乏神だってわかる何か」と聞くと、きいが「お守りですねえ。お守りを見られないんですぅ」と答える。お守りかあ、とあたしは思い、なんだかやけくそでビールをぐいぐい飲み干しおかわりを注文した。

「アールさんってバブルのとき、金とかダイヤモンドとか、エルメスのバッグとかカルティエの時計とかを買ってたらしいですよ。土地とかには興味なかったみたい。それでバブルがはじけても自分ははじけなくて、離婚して貧乏神とつきあうことになっても売るものたんまり持ってたらしい。金とダイヤモンドってすごくないですか」

まりえの話にあたしはちょっとびっくりして「それ、アールさんから聞き出したの？」と聞く。

「へへ、すごいでしょ」

まりえは得意げに言った。

「私が大学行かないでクラブに勤めてるっていうと、すごく心配してくれて、ってゆーかまあ説教されたわけだけど、二人で飲んだの。アールさんちで高いワインを次々あけて。そのときにアールさんは貧乏神に会ったときクラブに勤められるような年齢じゃなかったし、一分一秒でも長く彼と一緒にいたかったから働くことは全然考えなかったって話になったの。じゃあどうやって貧乏神にいい服を着せられたんですか、って聞いたら、金とダイヤモンドを売ったのよ、って答えてくれたの。それからカルティエの時計やエルメスのバッグだって。それでこう言ったの。いいこと、高いものには二つある。

よくて高いものと、ただ高いだけのもの」

「金とダイヤはよくて高いものなんだ」

「それがね、ちがうのよ。金もダイヤもアールさんにとってはただ高いだけのものなんだって。人が高いと見なしているだけのものだと言うの。私は知らなかったんだけど、ダイヤモンドってある会社が独占してて、市場に出回る量を調節してるから高値が続いているんだって。その会社はイギリスの王室にダイヤモンドを献上してダイヤのイメージを上げ、『ダイヤモンドは永遠の輝き』っていうコピーを世界中にばらまいて、ロマンスとダイヤモンドをくっつけ、女性が恋人からもらったダイヤモンドを売っぱらうことのできないムードを作り出したんだって。わかる？　中古品があんまり出回らないのはそのせいらしいよ。アールさんはダイヤモンドのアクセサリーなんかまったく興味ないみたい。単なる資産としてダイヤモンドを買ってたのよ。金もアクセサリーじゃなくて金の地金《じがね》。男前だよねえ」

「じゃあ、よくて高いものっていうのはどういうものなの？」とあたしは思わず聞いた。

「最高の素材と技術でできている魂のあるもの」

「またえらく平凡な答ねえ」とかおるこが言う。

「魂なんてあったらコワくないですかぁ」と赤い顔をしたきいが焼き鳥の串を手にポロ

りとつぶやいた。

「ちょっといまいちわからないんだけど、たとえばどういうもの？」とあたしはもう一度聞いた。高いものにもよいとか悪いとかランクがあるってことなんだろうか。

「私もおんなじ質問をしたの。そしたらね、あの部屋の棚にあるものをダーッと指さして『みんなそうよ』って言うの」まりえは思い出し笑いをする。

「『貸す価値のあるものしかあたしは置いてないわ。ここにはね、キーケースなんてないの。あれはね、ブランドが手っ取り早く儲《もう》けるための品だからよ。ブランドのロゴが入ってるだけであとはみな同じ。価値なんてない、ただ高いだけのもの。そんなもの借りに来る人はいない。みんなわかっているのよ、借りなきゃいけないものがね』」

まりえがそう言うと、きいが「似てますぅ！」と叫んだ。みんな笑う。

「え、みんなわかるんですか、アールさんの話？　あたしわかんない」とあたしが言うと、まりえは「私もそれじゃわかんない的なことを言ったのよ。キーケースの話もマジでよくわかんなかったし」と答えた。

「キーケースっていうのは、バッグを作るとき出る余った革《かわ》で作るから材料費は全然かからないらしいよ。だから大儲けなんじゃないの、ブランドにとっては」とシャーリーが説明すると、まりえは「ふうん、そういう話だったんだ。魂なんて言うからよくわかんなかった」と答え、「そのあとアールさんが見せてくれたのがレースの衿《えり》だったんですよね」と言い足した。

「すごく大事そうに平たい紙箱から出してきて、『このレースはね、ハンドメイドで、いまじゃもう作れる人はいないの。アンティークよ』って言うんですよ。まあたしかに繊細《せんさい》できれいだったけど、どうするってゆーの、衿ですよ、衿」

「で、どうしたの？」とシャーリー。

「これ、高いんですかって聞いたら、まあね、って言ってた。アールさんがまあねって言うんだから高いんじゃないのかなあ」とまりえ。

「つまりそのアンティークのレースの衿がよくて高いものなんですかねえ」ときいが聞くので、あたしは「ええーっ、アールさんらしくないなあ」と思ったとおりを口にした。

「それでどうなったのよ」とシャーリーとかおるこが同時に聞いた。

「なんかバカだと思われるのがこわくなって、追及するのをやめちゃいました」とまりえは苦笑いし、「でも、基本、アールさんはいいものは高いって思ってると思う。あの棚にあるのはみんなハイブランドのものだもの」と言った。

「ですよねえ。いっつも私の服見て、それどこのブランド？　どこどこのに似てるわねえって嫌味《いやみ》たっぷりに言いますもん。安くていいものもあるって認めてないと思う」ときいが言うと、「それにあの人さあ、何かって言うと『それってコピーじゃない？』って言うでしょ。あれがねえ、どうなの？　いまどき何がコピーで何がオリジナルかなんて誰も問題にしてないと思うんですけど」とシャーリーも皮肉っぽく言った。あたしが「百円ショップとかに行ったことあるのかなあ」と言ったら「ない」と四人が声を揃えて否定した。そして「アールさんって、ビミョーにいまっぽくないんですよね」とまりえが結論を下した。

「バブルを経験した人って百円ショップ行くと、バカみたいに買っちゃうらしいですよぉ。アールさんもそんな感じしません？　フライング タイガーでキャーキャー言いながらカゴ山盛りにしてる五十代」ときいが言うと、「わかるそれ。いるよねえ、ぜんぜん百円ショップの活用法がわかってないヤツ」とシャーリーが笑った。

「アールさんって貧乏神にもほんとにぜいたくさせてたらしいですよ。普段着がアルマーニでスーツはなんだっけ」とまりえがつまると、かおるこが「とりあえずエルメネジルド・ゼニア、それから即キートンでオーダーしたって。すごいわよねえ」と受けた。

「それ、なんですか？」とあたしが聞くと「紳士服の高級ブランドよ。めっちゃ高いの」とシャーリーが教えてくれた。へえーっとあたしときいは同時に感心する。普段着がアルマーニかあ。アルマーニってティーシャツでも二万円以上するブランドだ。あたしはとてもそんなのシュウくんに買ってあげられない。

「通ってたレストランなんかも華やかな場所ばっかりで、みんなバブルがはじけると次々閉店。いまじゃもうないお店ばかりらしいですよ。残ってるのは吉兆《きっちょう》と久兵衛《きゅうべえ》くらいなんだって」

まりえが言うのであたしはまた「それなんですか?」と聞く。「吉兆は料亭で、久兵衛はお寿司屋さん。どっちも高いので有名」とかおるこが教えてくれる。

「時計はパティック・フィリップのカラトラバ」とまりえ。「それも高いんですか?」とあたしが聞くと、かおるこが「二百万以上する。靴はねえ、渋くア・テストーニだったらしいわよ」と言う。あたしの知らない世界だ。

「男に貢ぐのもそこまでいっちゃうとなんか哀れな感じしません?」ときいが言うのも少しわかる気がしたけれど、「やっぱり私たちとは次元が違うのよね」とかおるこが言うとおり、あたしはアールさんのぜいたくレベルにすっかり感心してしまった。

「でもさあ、なんか一昔前の貧乏神って感じですよねえ。バブルのころならいざ知らず、この格差社会でそんなハイブランドに手が届く女は限られてくるでしょ。貧乏神もいまの時代を生き延びるためにはまた変わらなきゃならないんじゃないかなあ」とシャーリーが言う。

「変わるってどんなふうに？」とかおるこが聞くと、シャーリーは「貧乏神らしくぜいたくしない、とか」と答えた。

「でも即、貧乏くさいって言われちゃいますよ」とあたしが指摘する。

「だからそういうことを気にしない人たちばっかりのところに行けばいいのよ。そもそもみんながアールさんみたいってわけじゃないし」とシャーリーが言う。

「そうですね。いまの時代、お金があってもああいうふうに高くていいものを買うとは限らない」とまりえが言うと、

「そうよねえ。それにけっこう地方にいる人のほうが貯め込んでるよね」とかおるこも同意する。

「東京にいると、次々新しくてステキに見えるものが登場するから、つい買っちゃうのよね」シャーリーが言う意味が、いまのあたしにはすごくよくわかる。

「じゃあ次世代貧乏神にとっては、お金持ってて気取りがなくて、あえて高いものなんて買わない地方の人が狙い目ってことですかぁ」ときいがなんだかうれしそうに言うと、

「そうね。そしたらブランドものの服なんて着てなくても、貧乏くさいなんて言われないかも。貧乏神も地方の時代なのよ」とかおるこが言った。

「だったらセックスのうまいイケメンじゃなくてもいいわけでしょ。ターゲットを若い

女に絞らなくてもいいんだもん」とシャーリーが言うので、「じゃあ恋人じゃなくて、ただの友達とか?」とあたしが聞くと、「家族の一員になりすますってのはどう?」とかおるこがまた笑って言う。

「それってめちゃめちゃこわいですぅ」ときいが本気でこわがる。「たしかにそれだと一生とりつかれちゃいそうですね」とまりえも言った。あたしはなんとなくアレハンドロのことを思い出した。あいつ、なぜかハナコさんの預金額を知ってた。セーターをほどいちゃったあと、アレハンドロを見つめたおばあちゃんの冷たい目が浮かぶ。まさかアレハンドロって、次世代貧乏神だったの?

「なんでもアールさんが私たち被害者を助けてきたのは、あたしたちを通して貧乏神の情報を集めるためらしいわよ」とシャーリーが意外なことを言った。

「それに、噂によると、アールさんは自分が一緒に暮らした貧乏神をいまだにさがしてるんだって。見つけたらまた一緒に暮らしたいんじゃないかって」とまりえはさらにアールさんの秘密を暴露する。

「へえ、じゃあまた貧乏神に貧乏にされたってかまわないっていうことなんだ」とあたしが言うと、「やっぱり最後に愛は勝つってことですかぁ」ときいがいつものくせでお箸を振り回しながらため息をつく。

「あたしはなんかそれ、尊敬しちゃう」というシャーリーの言葉に深くうなずいたけれど、あたしもそんなふうにできるという自信はなかった。そこまでシュウくんを好きじゃないってことなのかもしれないと思ったら、それ以上考えるのがこわくなった。

*

　三度もシャーリーにタクシー代を払わせるのはさすがに気がひけた。飲み代だってあたしは一度も払っていない。みんながまだ貧乏が続くのだから払わなくていいと言って金を出させないのだ。それにあたしはアールさんネタを握っているまりえともっと話したかった。それで勇気を出してまりえに「毎度シャーリーさんにタクシー代を出してもらうの悪くて」と言ってみた。するとまりえは「じゃあ今日はあたしの部屋に泊まる？歩いていけるわよ。明日の朝、電車で帰れば」と誘ってくれた。

　まりえの部屋は1LDKでガランとしていた。机とベッドと本棚、洋服ダンスとラックとテレビ。食器棚はなかった。

「殺風景でしょ。引っ越してきたばっかりなんだ。彼と別れてからそろそろ二ヶ月か」

　まりえはそう言いながらやかんを火にかけ、カップラーメン食べようよと言う。折り畳みのテーブルを出し、フリースのパジャマをあたしに貸してくれて、お湯をいれたカップラーメンとフォークとペットボトルのウーロン茶をテーブルの上に並べる。そしてあたしの横に座るとテレビをつけ、テレビショッピングのチャンネルに合わせて音を低くした。

「もういいよ」と言いながらまりえはふたをめくり、フォークでめんをかきまぜてから食べ始めた。あたしも食べ始める。食べながら、まりえが貧乏神と出会ったのは二年前だと言う。あたしと同じだ。

「大学で何の勉強してるの?」と聞くと、「いままでは教育学だったんだけど、環境問題を勉強したくなっちゃって」とまりえは答えた。

「エコとか。貧乏神の影響かな。私の貧乏神はエコにうるさくってね、人類史上最大の間違いは水洗トイレの発明だっていうのが口癖だった」

あたしは「へえ」と返事をしたけどまりえの言いたいことはいまいちよくわからなかった。「アールさんの貧乏神の話も聞いたの?」とあたしはいちばん聞きたかったことを質問してみる。

「うん、聞いた。ちょっと感動的だった」とまりえは答える。

「教えてよ」

「うん。まずアールさんは貧乏神に一目ぼれしてタクシーに乗せて家に連れてきちゃったんだって。顔が大好きな金城武そっくりで舞い上がっちゃったみたい」

「タイプだったんだね」

「アールさんは離婚した後で、仕事中毒になってて、人間不信で、とにかく疲れてたらしいのよ。で、貧乏神がまあやさしく抱きしめてくれて、ってところは私たちと同じ。そしてね、アールさんがこれまで見たものでステキだと思ったものの話を聞かせてくれって言ったんだって。そのころアールさんはファッションの仕事をしてて世界中を飛び回ってたから、いろんな街で見たものの話を思い出すとぽつりぽつりと語ったんだって。それを貧乏神は黙って聞いてくれて、話し終わると必ず『僕も見たかったな』って言うの」

「ふうん」

「大英博物館に住みついた野良猫だとか、オレンジカウンティーのプールバーだとか、パリの犬を連れた乞食だとか、アラブの王様にエサをもらう二千羽のペリカンたちだとか、そんな話」

あたしはテレビの画面の中の商品説明をする女の口元を眺めながら、アールさんと貧乏神の会話を想像した。

「それにね、アールさんが疑問を抱いていることを次々質問するとね、なんにだって答えてくれるんだって。必ず『バカだな』って愛おしそうに最初に言うんだって。それから『いいかい』って」

「バカだな、いいかい」

あたしがそうつぶやくとまりえはうんとうなずいた。

「たとえばね、アールさんがこう聞いたんだって。『あんなつらい思いしたのに、また人を好きになれるなんて不思議。あたし離婚したとき、なんでこんなに憎めるんだろうっていうくらい夫のことを憎んでたの。ねえ、どうして人って憎み合うの？』って。すると貧乏神はこう答えるの。『バカだな、いいかい、きみが人を憎んだことのない人間だったら僕はきっと好きになんてなってない。憎むことは、どれだけ深く愛せるかの練習台なんだ。憎しみを知らなければ本当の愛だって知ることはできないんだよ』」

「そうなんだ」

「アールさんも、『そうなんだ』って言ったんだって。それでね、そう言うたびに世界が自分の敵じゃなくて味方になっていくような気がしたんだって」

「ふうん」

「それにね、アールさんは最新のファッションを気取ってたのに、その服を見ても何も言わない貧乏神が、服を脱ぐと必ず、きれいだよって言うんだって」

まりえはそこまで話すと黙った。あたしは「ふうん」と言い、その貧乏神はステキだと思った。アールさんじゃなくたってたいていの女なら好きになっちゃうよ。その貧乏神に比べたら、シュウくんはやさしくないのかもしれない。あたしはちょっと不安になる。まりえの話は続いた。

「毎日アールさんと貧乏神はベッドで毛布にくるまって愛を交わして話をして、それからいい服を着ておいしいものを食べに行ったんだって。アールさんは貧乏神が眠っている間に自分の持っているものを質屋《しちや》や古着屋に売りに行き、そのお金で貧乏神に似合う服を次々に買ったんだって。だんだん売るものがなくなって、そのことを考えると胸がチクチク痛んだけれどアールさんは貧乏神と離れることができなくて、でも貧乏神に貧乏を味わわせたくなくて迷った末、昔の知り合いの男にまとまった金を都合してもらったんだそうよ。そのお金が手に入ってほっとしたとたん、貧乏神は消えてしまったんだって」

あたしは冷たいウーロン茶を飲んだ。酔いはだいぶ醒《さ》めていた。まりえは「結局私はアールさんの貧乏神の話を聞いてから、自分の貧乏神に足りないところがわかってしまって、それに目をつぶることができなくなって、別れることにしたのよ」と独り言みたいに言った。

「足りないもの?」と聞き返す。

「うん。足りないもの。たぶんそれが『本当の愛』とかっていうものなんだと思う。でもね、私の貧乏神が悪いってことじゃなかったんだってこのごろ少しわかってきたの。アールさんの貧乏神がすごくステキに思えたのは、アールさんがそれほど深く貧乏神を必要としてたからなんだって。だからアールさんの貧乏神はアールさんの中に深く踏み込んだ」

『本当の愛』。その言葉はあたしにはちょっと高級すぎるような気がする。高級とか低級とか愛にもランクがあるのだろうか。あたしがほしいのは、ただシュウくんと仲良く毎日暮らすこと。

「まりえさんは、貧乏神と別れてよかったと思ってるの?」とあたしは質問した。

「私って元々自分のことになるとまるで自信がないのよ」とまりえは言った。

「貧乏神と出会ってからそのことをすっかり忘れてたんだけど、貧乏神と別れたほうがいいってBHKの人に言われたとたん、『貧乏神にとりつかれている自分はとんでもないことしてるんだ』って思いから離れることができなくなって、別れたほうがいいんだろうなって決めて、別れたら今度はまた、取り返しのつかないことをしたんじゃないかって思いにかられて、だんだん考えるのに疲れちゃったんだ。でもね、みんなと話していると、彼はまちがいなく貧乏神だったんだってしみじみわかって、いまはなんだか夢を見ていたような気分。やっぱり別れてよかったのよ。ただ、彼と一緒に暮らしたときの貧乏がすごくなつかしい。貧乏くさいって思われるのが嫌で、だって彼がそう言うから、外でめいっぱい見栄張って、おなかはぺこぺこでもいい服着ちゃってさ。いま思えば何の意味もないことを一生懸命やろうとしてた。べつにいい服着てるから偉いってもんじゃないけど、気分としてはあれよ、武士は食わねど高楊枝《たかようじ》ってやつ」

「意味わかんない」

「武士はおなかが減ってても、楊枝を使って腹いっぱい食べたってふりをするってこと」

「なんのために？」

「清貧よ」

「セイヒン？」

「清く貧しい。やっぱりちょっと違うか。とにかく貧乏神と私の貧乏は気合の入った貧乏だったってこと」

「いまは違うの？」

「うん、違う。いまは何にお金を使ってよいのか、使ってはいけないのか、まるで判断できない。それにあんなふうに捧《ささ》げるようにものを買うこともなくなったし」
「まりえさんってむずかしいことばっかり言うね。あたし、バカだからいまいちわかんない」
あたしがそう言うと、まりえはあたしを一瞬見つめ、それから目をテレビ画面に移し
「捧げるように、よ」と言った。

*

貧乏神の話をまりえとディープにしたせいかアールさんの『本当の愛』の話に刺激されたのか、あたしは一刻も早くシュウくんに会いたくなって、翌日大急ぎでアパートに戻った。ドアを開けると「おかえり」と声がして、靴を脱ぐのももどかしくあたしは部屋に飛び込みシュウくんに抱きついた。

「どこ行ってたの？　心配したんだぜ」とシュウくんに言われ、あたしはとっさに、

「お店で寝てしまいましたあ」とウソをついた。

シュウくんが返事をしないので、「なに、疑ってるの？」とちょっと警戒しながら聞

くと、「店から電話あった」とシュウくんは真顔で言った。「スマホ忘れていったでしょ。今日は来るのかって。昨夜店休んだの?」

頭の中をいろんな言葉がよぎったがうまい答は見つからない。スマホ忘れてたの、気がつかなかった。

「えっと、実はね、さえちゃんが突然電話してきて相談したいことがあるから来てくれって言って、さえちゃんちまで行ってたの。出るときスマホ忘れていったみたい」

「木村さえこさん?」

「そうそうオレンジのダウンの」

「なんでそれ、隠すの?」

「いや、相談事の内容が。もういいでしょ。早くして」

あたしはシュウくんにしなだれかかる。キスしやすいように顔をあげるとシュウくんはまだあたしをじっと見下ろしている。

「なに?」

「前からきみに聞きたかったことがあるんだ」

シュウくんはまったくやさしさのない冷たい表情をしている。知らない人みたいだ。

「あのとき、木村さえこは僕ときみに向かってたしかに言ったよね、貧乏くさいって」

あたしは何か言わなくちゃとあせった。けれど心臓のドクドクいう音がうるさくて何も思いつかない。「そんなこと言った？」と何気ないふりをして聞き返すのがやっとだった。

「言ったよ」

「ごめんね。あの格好で人の服装をどうこう言える立場にないって」

「だから覚えてるんだ」

シュウくんが笑ってくれないのであたしはちょっとイラッとして、「それがなんなの、どうかした？」と言ってしまった。

「傷ついたんだ。あんなこと言われたくなかった」

シュウくんはそう言うとあたしから離れた。

「それってシュウくんが貧乏神だから？」

あたしはついそう聞いてしまった。シュウくんが振り返って「なんだって？」と驚いた顔をした。

「だからシュウくんが貧乏神で、貧乏くさいって言われると困ったことになるのかなって」

あたしは少々やけっぱちになっていた。

「貧乏神?」

シュウくんはそう聞き返すと笑った。

「なんで笑うの?」とあたしはムキになった。

「だって突拍子《とっぴょうし》もないこと言うから。エリカ、そんなこと思ってるの?」

「思ってるわけじゃないけど」

「いったいどこからそんなこと思いついたのさ」

「いやあ、店で噂話してたら、ふとそんな話が出てね」

「どんな話?」

「セックスのうまいプー太郎ってほんとは貧乏神らしいよ、みたいな」

シュウくんはじっとあたしの顔を見ている。

「ただのおしゃべりだし、あたしはシュウくんのこと貧乏神だなんて思ってないし」

あたしは早くこの話を終わらせたくて甘えた声を出し、もう一度シュウくんにすり寄って首に手をまわした。

「せっけんの匂いがする」

シュウくんはあたしのおでこに鼻をくっつけてそう言った。

「ねえ、お願い」

あたしはあえぐように言うとシュウくんの胸に顔をうずめた。シュウくんはあたしを抱きかかえるとベッドに横たえ服を脱がせた。すばやく自分も裸になるとそっとあたしの上に重なり、唇から順に口づけていった。まるでしるしをつけるみたいにあたしの首すじや肩や乳房やわき腹やおへそや陰部や太ももや膝小僧《ひざこぞう》や足の甲にまで口づけした。あたしは「どうしたの？」と聞いた。

「なんだか、いつもとちがう気がして、ほんもののエリカかどうか確かめてた」

「それで？」

シュウくんは足元から戻ってくるとあたしの顔を両手で包んで「まちがいなくほんものでした」と笑いながらキスをした。最初は軽く、それから熱く。それだけであたしのからだじゅうになまめかしい熱がほとばしり、彼がやさしく足をひろげゆっくり中に入ってくると、ああっと声が出るのを止められない。シャーリーも言っていた。「特別なことをするわけじゃないのよ。でもなにもかもがぴったりなの。あたしに」。そう、なにもかもがぴったりだ。離れたくない、シュウくんと。

＊

シュウくんがすっかり眠り込み安らかな寝息をたて始めたのを確かめ、あたしはスマホを握るとそっとアパートを出た。このままさえちゃんちまで行ってしまいたかったけれど、もう電車もないだろう。遠いんだよな、とあたしはため息をつき、空の月を見上げた。寒い。部屋着の上にひっかけたコートの前をかき合わせる。そして薬屋に電話をかけた。誰かが出るまでコール音を鳴らし続ける。

「はい」と眠そうな声で応えてくれたのはさえちゃんだった。なんだか安心して、「あたしやっぱり貧乏ってイヤかも」とこぼしたらもう止まらなくなった。電話の向こうにいるさえちゃんは、何かを言いかけてやめた。あたしが話し続けられるようにやさしい沈黙を守っている。

「ねえ聞いてよ、あたし、例の断貧サロンっていうのに通ってて、貧乏神と別れた女の人たちと会ってるんだけどさ、みんな貧乏神と別れてちゃんとしてるの。ひとりはウェディングプランナー、ひとりはＩＴ関係、ひとりは消費者金融に就職しちゃって、もうひとりなんて大学に戻ってまた学生やり直すらしい。みんなが言うにはもうブランドものの服は欲しくなくて貯金もできるって、ほんとかな」とあたしは一気に話した。

「それって相談してるの」とさえちゃんが聞くので、「まっさかあ。話を聞いてもらう相手がほかにいないからで、ちがうちがう、さえちゃんのこと信頼してるとかそういうんじゃないから」とあたしはあわてて否定した。

「ねえさえちゃん、これって病気と同じなのかな、いまあたしは病気にかかっていて、シュウくんと別れたらそれが治って、治ったらちゃんとした人間になれるってあの人たちはそう言うの。でもさ、みんなは貧乏神と出会う前もちゃんとしてたんだよ。あたしはただのフリーターでもし病気が治るだけなんだったらまたコンビニやマックやファミレスで働いて、百円ショップとドラッグストアにしか行けないみじめな女に逆戻りするんだよ。それがどうしていいことなの?」あたしが聞くとさえちゃんは「でもさ、シュウくんと別れたらいま貢いでいるお金を自分のために使えるじゃない、私とちがってエリちゃんなんでもできるよ。いまだってシュウくんのためならなんだってやるじゃない、ヤバいバイトまで。そうやってバリバリ稼いでお店だって持てるかもしれないよ」と静かに言った。

「バリバリ働けるのはシュウくんがいるからだもん」とあたしが言い返すと「そう言うと思ってた」と電話の向こうからため息が聞こえた。

「あたしたとえシュウくんが貧乏神でも好きだもん、いまがいいの。先のことなんか考えたくないの。つらいけどいまがいいの。そばにいて手をのばせば彼に届いてその手を彼は握り返してくれるの。なんでそんなしあわせを手放せってあの人たちは言うんだろ」

　言っているうちになんだか独り言みたいになった。

「先のことを考えたくないのはほんとはシュウくんといたって先にいいことがないってわかってるからじゃないの」

　さえちゃんの言葉がストンと届く。

「さえちゃんの未来にはいいことあるの」と聞き返したら、

「私の未来はいまと同じだもん」と答える。

「バッカじゃない、誰でも年取ってババアになるんだよ、どうすんのブスで孤独なババア」とあたしがいじわるっぽく言ったら、「ババアになる前に死ぬから」とさえちゃんは思いがけないことを言った。

「それは思いつかなかった」と絶句したあと、「でもさえちゃん病気とかしないじゃん、からだ丈夫なんじゃないの」とあたしがまぜ返したら、「それはそうかも知れない」とさえちゃんは白けた感じで答える。

「みんなババアになるんだよ、そりゃ才能ある人はいいよ、時間をかけて階段のぼっていけばいいんだもの。でも階段のないあたしたち凡人はどうなんの、ただ年とりながら下り階段を下りるだけ。だからいまのうちに相手を見つけて、カノジョから妻、妻から母って役を勝ち取らなきゃ世界からはじき出されちゃう。もう三十なんだもの、いつはじき出されてもおかしくないんだよあたしら」

あたしは思いを絞り出すように話していた。

「でも、エリちゃんは私とちがってかわいいじゃん」

さえちゃんの声には感情がこもっていない。

「かわいい子なんて世の中には死ぬほどいるんだよ。東京に行って最初にあたしが知ったのはそのことで、しかも十年経ってみればかわいさなんてハチジュッパーはどっかに消えちゃってるの」

「でもまだこのへんじゃあいちばんかわいいよ」

さえちゃんが昔からつまんないなぐさめ方をするのを思い出した。

「地元に戻れって言ってるの、ありえない、あたしはシュウくんとは別れない」

さえちゃんのやさしさにあたしはずっと甘えてきたんだ。

「別れるなって言ってほしいの？　それとも別れろと言ってほしいの？」とさえちゃんは聞くけどあたしにもよくわからない。

「あたし、さびしい独りモンのババアになんかなりたくないよ」とつぶやいたら、「でも私はババアになったエリちゃんがうちでそうしてぐずぐず文句を言うのをババアになった自分が聞いているところなら簡単に想像できる」とさえちゃんは言った。

言ってほしかったのはそんなことじゃなかったのに、とあたしは思った。でもどんな言葉を言われてもいまのあたしはきっと安心することはできないのだと気づくと、やっぱりつらかった。

＊

疲れていた。店とバイトでガンガン稼いでも、すぐにそれはおいしいものやシュウくんのいい服に変わってしまって手元には何も残らなかった。食べたあと、買ったあとに必ず感じるぬぐってもぬぐってもぬぐいきれないむなしさにあたしはただただとまどっていた。どこもまちがっていないはずなのに、なんだろうこの気持ち。

そんな気持ちがマックスになったある日、あたしは隣で眠っているシュウくんに向かって、シュウくん、働いてよ、と言っていた。その一言ですべてが解決されるような気がしたのだ。シュウくんは目を開けて、「なに？」と聞き返す。

「シュウくん、あたし働くのに疲れちゃったよ」とあたしは小さな声で言った。シュウくんはじっとあたしの目を見た。

「シュウくんが働いて」

「だから、オーディションにさえ受かればすぐにでもお金が入ってくるんだ」

「モデルの仕事が入るまでバイトして」

「どうしたの、エリカ、僕のこと嫌いになっちゃったの？」

シュウくんは捨てられた子犬みたいな真っ黒い瞳であたしを見つめる。そして腕を伸ばしてあたしの髪に触れた。

「嫌いになんてなってないよ。シュウくんにもちょっとだけ働いてほしいと思ったの」

あたしがそう言うとシュウくんは手を引っ込めてあたしから目をそらし、「エリカ、知ってるよね、僕が貧乏神だってこと」と言った。あたしはびっくりして「何言ってるの」とつぶやいた。

「僕がどこかに働きに行くとする。するとその勤め先の店や会社が傾いてつぶれちゃうんだ。なんでかわかるだろ。僕が貧乏神だからだよ。僕が働くとね、世の中の迷惑になる。誰かが不幸になるんだ。僕はどこへ行っても嫌われ者なんだ」

そう言うシュウくんの横顔は、まるでシュウくんじゃないみたいによそよそしく感じられて胸がヒヤッとして、でもあたしはシュウくんの言ってることがなんだかおかしくて笑ってしまいそうだった。バッカみたい、とあたしは思った。そんな言い訳ってある？　なんであたしだけ働いてるの？　なんであたしだけつらいの？

「あたしのこと好き？」

シュウくんはあたしの目を見て「うん」と答える。

「ほんとに？　あたしのこと愛してる？」

「うん」

「なら働いて」

シュウくんは黙っている。

「お金が足りないの。あたしはもうこれ以上働けない。カードも使えない。借金もできない。あたし、シュウくんと結婚したいんだ。わかってる？」

「結婚？　そんなのしなくたっていまのまま恋人同士でいいじゃない」

「そんな。それじゃああたし、これから先どうなっちゃうの？」

「どうなるか。それはきみ次第だ」

あたし次第？　あたしは起き上がりベッドから飛び出した。シュウくんの意外な言葉に何を言いたかったのかみんな忘れて、部屋の隅に突っ立ったままシュウくんの顔をもう一度見た。シュウくんはもうあたしを見ていなかった。広い肩、すべすべの肌、長い腕、きれいな指。まるで横たわったマネキンみたい。

シュウくんが着ているのはヘインズの白いティーシャツだった。三枚組で千二百九十六円。

「貧乏くさい」

あたしがそうつぶやくと、シュウくんが振り向いた。その顔の輪郭がぼんやりとにじんでいる。貧乏神の目を見ちゃダメだというおばあちゃんの声が頭の中でこだまする。あたしは目を閉じてもう一度「貧乏くさい」と言った。

「やめて、エリカ」シュウくんのかすれた声が聞こえた。シュウくんがゆっくり起き上がりあたしに近づいてくる。あたしを試すの？　抱きしめてごまかすつもり？　もうそうはさせない。怒りが腹の底から湧《わ》き上がってきて、あたしはバッグの中に手を突っ込むと、いつかさえちゃんと二人で買った『幸せのお守り』を探り出しシュウくんの顔の前に突き出した。

シュウくんは顔をそむけ後《あと》ずさりする。あたしがこんなにみじめなのは、あんたがあたしの心を盗んでドブに捨ててきたからだ。

「ねえシュウくん、あたしを愛してるならいつもみたいに抱きしめてよ。ここに来てあたしを抱いて」

あたしは絶望的な気持ちでそう言う。

「わかった。僕のことを愛してるなら、それをしまってくれないかな」とシュウくんは答えた。

「僕が好きでこんなことをしてると思ってるならそれはちがう。僕はきみのためにここにいる」

「あたしのため？　いったいこんな暮らしのどこがあたしのためだって言うの？」

「それは、言えない。でもきみは、僕がいなければできなかったことを経験したはずだ」

「どうしたのシュウくん、その声、なんだかシュウくんじゃないみたい」

あたしがお守りを突き出した手を力なくおろすと、お守りに付いてた鈴が小さく鳴った。シュウくんがほんの少し顔を上げる。シュウくんの目がやさしくあたしを見ていた。シュウくんがいなければできなかったことってなんなの？　あたしはその目に問いかける。

もしあなたと出会わなければ、あたしはどんないまを生きていたのだろう。たぶんさえないバイトにしがみついて、夢も希望もなくただ宝くじ的な幸運だけを待っている、なんの魅力もない女のまま三十代に突入していたんだろう。それがあたし。

あたしはこの二年間、どれほど自分が毎日一生懸命だったかを思い出した。シュウくんにいい服を着せたくておいしいものを食べさせたくてがんばって働いて稼いだ。自慢できる稼ぎ方じゃなかったかも知れない。でもあたしはほんとに一生懸命だった。そうさせたのが自分だったって言いたいの？　それがいいことだってあなたは言いたいの？

あたしがお守りをバッグに投げ込むと、シュウくんがゆっくり近づいてきて、あたしを抱きしめようとした。でもシュウくんの腕はスカスカして空《くう》を切っただけだった。

「あなたはほんとうに貧乏神なのね」

あたしがそれを口にすると、目の前のシュウくんはなんだかホッとしたような顔になった。唇がかすかに動いて何か言いたそうにしたけどなんて言おうとしたのかわからなかった。そしてシュウくんは消えてしまった。

＊

三日後にまた断貧サロンがあった。あたしは出席した。ほかの四人もちゃんと来ていた。みんな会うたびに少しずつ感じが変わっていく。少しずつ貧乏神を忘れて、貧乏神がいないことに慣れていくからだろうか。

全員が椅子に座ると、司会の女が「今日はついにさえこさんから発表があるそうです」と声のトーンを上げ、みんなが拍手した。あたしは少し照れながら、「えー、ついにカレシと別れました。断貧歴三日です」と言った。そこで「おおーっ」という声と拍手がまた起こった。

「これからは一人で生きていきます。若いんだもの、キャバクラとバイトにはまってお金を貯め、自分のショップをやれるようになるまでがんばります」

　あたしは自分でもウソくさいしありえないと思いながらもそう宣言した。

「どうして別れる決心ができたの？」とシャーリーがすぐに質問する。

「なんだか貧乏がつらくなっちゃったんですよ。いや、貧乏自体は耐《た》えられるんだけど、一生懸命働いてもお金が残らないっていうのに耐えられなくなっちゃったんです。働くの嫌いなのに」とあたしは答えた。

「でも、カレシのこと愛してたんじゃないんですか」きいが聞く。

「愛してた。愛してるつもりだったし、愛されてるつもりだった。でもね、あたしが働くのに疲れちゃってるのに、最後までシュウくんはあたしを助けようとはしなかった。それって愛されてないってことですよね。そう一度思ってしまったら、もうがんばれなくなったの。あたしは愛されてたわけじゃない」

　それを聞いて四人は深いため息をついた。

「なんか口に出して言うとちがうって気もするんですけど、結局そういうことなのかなって」

あたしがみんなの顔を見ると、「結局そういうことなんだって思うしかないよね」とまりえがつぶやいた。

断貧サロンはいつもより早く終わった。そのぶん夜の二次会はいつもより早く始まり、長くなった。

かなり酔っ払ったころ、「はい、きいちゃんとまりえちゃん、五千円出しなさい」とかおるこがうれしそうに命令した。二人は「はあい」と財布から五千円札を取り出す。「なんですか？」とあたしが聞くと、「賭《か》けてたのよ。さえこさんが貧乏神と別れるかどうか」とシャーリーが笑った。「私とシャーリーちゃんは絶対すぐに別れるって言ってたんだけどね、きいちゃんとまりえちゃんは別れない、サロンにも来なくなるって言い張って、で、じゃあ賭けますかってなったのよ」とかおるこは説明した。

「いつ賭けたんですか？」とあたしが聞くと、「前回の飲み会でさえこさんがトイレ行ってる間にちょっと盛り上がっちゃって」ときいがいたずらっぽい笑顔を見せる。「私は別れないでほしかった」とまりえが言う。目がすわっている。

「それは自分が別れたことを後悔してるから？」とかおるこが聞くと、「そんなことはないけど、実際のところ、別れる理由は愛じゃなくて金なのかって思うとちょっと悲しい」まりえは独り言のように答えた。

「いやいやいやいや、金じゃなくて愛の問題でしょ」あたしは言い返した。だってシュウくん、二人の未来は「あたし次第」なんて言ったんだもの。シュウくんの意思はまるで関係ないって感じだった。でも、そう言われると愛じゃなくて金の問題だったような気もしてくる。

五人の女はそれぞれの胸に聞いていた。貧乏神と別れたのは、愛されていなかったからか、それとも貧乏が嫌になったからか。

「どちらでもないよ」とシャーリーは言う。

「あたしたちは相手が貧乏神だってことに耐えられなくなっただけ」

なんて嫌なやつらなんだろう。イケメンでセックスがうまくて見栄っ張りで彼といると稼いだお金を全部使わされてしまう。女の敵だ。

「別れてよかった」とあたしはつぶやいた。この決断はヒャクパー正しい、はず。

「だって、あたしふと考えていたんです。キャバクラよりもっと稼げるならフーゾクにいこうかなって。何よりわりのいいバイトと言えばウリだよなって。ヤケクソではなくなんていうか自然にそういうふうに考え始めている。そう考えるあたしっていうのはすごく疲れていて、本当はもうこれ以上働きたくないって思っていた。働かなくてもお金が手に入る方法があったら、たとえそれが殺しであってもやっちゃいそうな気がした。働くのがイヤで、でも貧乏はもっとイヤで、底なしの穴がぱっくり口をあけて私を待っている感じ。働いても働いてもすぐにお金がなくなっていっちゃうのは、どうやったって慣れないもんね。それどころか少しずつ少しずつ自分が自分でなくなっていっちゃうみたいに思えて」

あたしは一つ一つの言葉をかみしめながら話した。

「そう、わかるわ。自分が自分じゃなく思えてくるのね。もう人間じゃない。借金を返すのに追われて、未来に何もつながらない仕事で日銭を稼いで、ぐったり疲れて帰る。彼とつかの間の夢のような愛をかわした後は、夢をみることもなく眠りこけ、目が覚めても何も感じなくなっていた。新しく始まる一日に何の期待も持てないなんて、こんなの私じゃないって思い続けた。でも、じゃあ私はどんな私だったのか、いくら思い出そうとしても思い出せなくなってしまったの」

そう言ったのはかおるこだった。シャーリーがそれに続けて「不安ばかりがふくらんでくるのよね。このまま毎日がこれと同じように過ぎていって何年も経って年を取って、そのときにあたしに何が残ってるんだろうって思うと不安で、きっと何も残りゃしないわ、それにもしも自分が病気にでもなったら、いったいどうなっちゃうんだろうって、いつもおびえてた」とうなだれる。

「でもカレシ、全然将来のことなんて心配してなかったじゃないですか。私が一日一日おばさんに近づいていくっていうのに、そんなこと想像もしてなかった、ってゆーか、想像できないみたいで」ときいが言うと、「神様だからよ。貧乏神だって神様だもの。時間なんて流れてないも同然なのよ、きっと」とかおるこがつぶやいた。

「神様かあ。あらためてそう言うと、貧乏の神様が人間に思いっきり貧乏を味わわせるなんて朝飯前だわよね。貧乏の底なしのつらさも、それから『ない袖は振れない』っていう貧乏のあのへんにすがすがしいところも」とシャーリーは少々もつれた口調で手に持っていたビールを飲み干した。

「でもどうして私たちだったんですか？　どうして私たちみたいな普通の女が神様に選ばれたんですか？」

まりえが真剣な顔で聞く。それは五人の女たちが何度も自分に聞いた問いだった。

＊

「じゃあこれ、十万円。どうもありがとうございました」

あたしはテーブルの上に封筒を置き、それをさえちゃんの前に差し出した。アールさんに呼び出されたあたしは、その前に池袋駅近くのマクドナルドでさえちゃんと待ち合わせたのだった。

「大丈夫だった？　シュウくんどうしたの？」とさえちゃんが聞くので、あたしは「別れた」と答えた。

「よく別れられたねえ」

「働くのイヤになっちゃって」

「でもさあ、あんなに好きだって言ってたのに」

「うん。だから、消した」

「え、どういうこと？」

さえちゃんはびっくりしてあたしの顔を見た。あたしはちょっと笑って、

「だって別れられないし、働くのはイヤだし、ほかの女にとられるのはもっとイヤだ

し」と言った。あたしの本音はこれなんだ、とそのときわかった気がした。

「だからって消す？」

「『貧乏くさい』ってつぶやいたらシュウくんすごく薄くなって、それからさえちゃんと深川不動尊で買った幸せのお守り見せたらビビッちゃって、ああ、この人、ほんとにほんものの貧乏神なんだって確信したら、消えちゃった」

「ええーっ」

「せいせいした」

「そうなんだ」

さえちゃんはにこりともしない。もっと喜んでくれると思っていたから意外だった。

「愛ってこわいもんなんだね」さえちゃんがぽつりとつぶやく。

愛だったのかな、とあたしは自分に聞いてみる。愛の幻想に浸《ひた》り過ぎていたのかも。

そんな気もした。

「さえちゃんは愛より情なんじゃなかったっけ。ブランドものの服より手編みのセーター。いや、ジャージか」と冷やかすと、つり目とへの字の口がふっとゆるんで、ようやく笑顔になった。

「あの後、アレハンドロから連絡あった？」とあたしが聞くと、

「ううん、あれっきり」とさえちゃんは答える。

「ねえ、アレハンドロってさ、貧乏神だったんじゃないの？」

「あ、それ、おばあちゃんも言ってた。うまく入り込んだつもりでも、うちには貧乏神なんて置いておけないよって知らせるために、セーターほどいちゃったんだって。それなのに、貧乏神とはいえ神様の置き土産《みやげ》、粗末にしちゃあバチが当たるって、きれいに毛糸玉にして置いてあるんだよ」とさえちゃんはおかしそうに言う。

「おばあちゃんってステキ」とあたしが笑うと、さえちゃんも笑った。

「あのさあ、中一の最初のテストで二人揃って数学で0点取って、あんまりびっくりして記念にニシナ靴店でバッシュー買ったの覚えてる？」あたしは聞く。

「うん。覚えてる。お揃いってあれだけだったもん」さえちゃんが答える。

「あのときハジメも0点取って一緒にバッシュー買ったじゃん」

「そうそう。バカトリオ」

「ほんとはさあ、0点じゃなかったんだよ、ハジメ」

あたしが言ったことが思いがけなかったのか、さえちゃんは「なんで」と声を上げた。

「さえちゃんを悲しませないために決まってるじゃん」

あたしはそう言ってニヤニヤした。

「あたし、思ったんだ。貧乏神ってあたしらのこといろいろ調べ上げて、すっかりあたしらのことわかったつもりでいるけど、幼なじみには勝てないって。あたしらは人間でデータじゃないもん。一緒に分け合った時間が少しずつここにさ」と言ってあたしは胸を叩いた。

「ここに積もってるんだよ。それってさ、データになんてならない、なんていうか、取り替えのきかない、かけがえのないものなんだよ。そういう長い時間かけてできたあたしらの間のキズナっていうのは、パパッて着替えられる服なんかとは正反対のもので、地元の空気と一緒にしっかりと体に刻《きざ》み込まれてる。だから、どんなに寄りかかってもプツンってきれたりしないいんだよね。安心できるっていうか、最初から許しちゃってるっていうか。わかる？」

「わかる」とさえちゃんは言った。だからさえちゃんはハジメを選んでしまうのかもしれない。たとえどんなにイケてなくても。きっとそう。そんな気がする。

あたしらはアイスコーヒーを飲み終わると、骨董《こっとう》通りにあるアールさんのマンションを目指した。シュウくんと別れるとウソをついて借金を肩代わりしてもらったことがバレたみたいだ。きっと叱られるだろう。でもほんとうに別れたんだから、けっきょくウソじゃなくなった。

地下鉄の駅に向かう横断歩道で信号待ちしているとき、「あ」とあたしは声を上げてしまった。

「どうしたの?」とさえちゃんが聞く。

「あのコート」

シュウくんの着てたのとよく似た空色のコートがあたしの指差した方向に見えている。

「ほんとだ」とさえちゃんも背伸びする。

信号が青になると、あたしはそのコートを目指して走り出した。さえちゃんも後を追ってくる。

近づくと、それはほんとにシュウくんの着ていたのとそっくりの空色のダッフルコートで、着ているのはやつれた感じのおっさんだった。

「あのお」と声をかける。片手でさえちゃんの手をぎゅっと握って。

おっさんはあたしを見て「何?」と聞いた。

「あのお、そのコート、どこで買ったんですか?」

「あ、これ、もらったのよ」

「もらった?」

「うん。ホームレスの溜《たま》り場でさ」

「誰に？」

「若い男の子たち。そこに溜まっているホームレスはたいがいもらってるよ。いい服ばっかでさ、このコートはさすがに派手で欲しいっていうヤツがいなくて、ま、オレのもんになったってわけ」

「あの、その人の顔覚えてます？」とあたしはあわててバッグからスマホを取り出し、保存されているシュウくんの画像を探した。でもどの写真からもシュウくんの姿は消えていた。

「ない。写真がない」

ぶつぶつ言いながらスマホをさわっているあたしを見ながら、「ときどき来るんだよ、そいつら。みんなイケメンでさ。で、服くれるの。ありがたいじゃない。オレたち、福の神って呼んでるんだ」とおっさんは言った。さえちゃんとあたしは思わず顔を見合わせた。それからゲラゲラ笑い出した。

「どうしたの、何がおかしいの？」

おっさんは不思議そうにあたしらを見ている。ふと顔を上げると、シュウくんの空色のダッフルコートより青い空がどこまでも広がっていた。

谷川直子
TANIGAWA NAOKO
★
一九六〇年、神戸市生まれ。

二〇一二年『おしかくさま』で第四九回文藝賞を受賞。

他の著書に『競馬の国のアリス』『お洋服はうれしい』など、競馬・ファッションに関するエッセイがある。


初出／断貧サロン…『文藝』二〇一四年秋号

◎参考文献
『影響力の武器――なぜ、人は動かされるのか』

ロバート・B・チャルディーニ著　社会行動研究会訳　誠信書房

断貧《だんぴん》サロン

★

二〇一四年一〇月二〇日　初版印刷
二〇一四年一〇月三〇日　初版発行

著者★谷川直子
装幀★坂野公一＋吉田友美（welle design）
装画★丹地陽子

発行者★小野寺優
発行所★株式会社河出書房新社
東京都渋谷区千駄ヶ谷二-三二-二
電話★〇三-三四〇四-一二〇一［営業］〇三-三四〇四-八六一一［編集］
http://www.kawade.co.jp/
組版★KAWADE DTP WORKS
印刷★株式会社亨有堂印刷所
製本★小高製本工業株式会社
Printed in Japan
落丁本・乱丁本はお取り替えいたします。

ISBN978-4-309-02330-4